歌人　中城ふみ子

その生涯と作品

加藤孝男　田村ふみ乃

クロスカルチャー出版

映画「乳房よ永遠なれ」ポスター
（縦1メートル50cm、横52cm）
中川研一所蔵、日活。

目次

第1章　映画「乳房よ永遠なれ」のモデル

中城ふみ子、「五十首応募作品」入選後に病院の構内にて

遺産なき母が唯一のものとして残しゆく
「死」を子らは受取れ　　　　『花の原型』

なんという苛酷な歌であろう。遺産のない母が与える「死」を、幼い子供たちに受け取れと命じている。受け取るものは、死ばかりではなかったはずである。その母の生き様もみてほしいと願ったはずである。

中城ふみ子は、北海道帯広が生んだ歌人である。『乳房喪失』（昭和29）、そして遺歌集『花の原型』（昭和30）という二つの歌集で、その名を記憶されている。

中城ふみ子の名がメディアに登場するのは、その若い死の直前のことである。「短歌研究」という雑誌が募集した「五十首応募作品」で、みごと特選になり、更に「角川短歌」に、川端康成の推薦によって、短歌作品が掲載され、ジャーナリズムの注目するところとなった。

川端康成の序文によって飾られた『乳房喪失』は、生前の唯一の歌集である。そこにはふみ子から川端に宛てた書簡が引用されていて、この歌人がいかなる経歴の人であるのかが分かる。

〈幸福な少女時代、更になほ幸福な東京遊学時代、暗い戦争、結婚、離婚と、めまぐるしい境遇の変化につれて長い文章をつづる時間は削られて、やうやく自分を見出したのは短歌の世界でございました。瞬間瞬間の己れを捉へて掌の上にのせて見るやうな短詩形でございました。（中略）その私が生きてゐるうちに墓を立てるにも似て歌集を出したいと思ふやうになりました。二十九歳で乳癌になり、手おくれのため再手術、今また肺癌に転移したらしく、この癌病棟でも一番の年少でございますが、その短い半生にいつたい私は何を結実として残したらよろしいのでせうか。〉

　こんなことが書かれている。その短い一節でも、中城ふみ子という人の生涯が、折りたたまれるようにして記されている。

中城ふみ子『乳房喪失』（昭和29・7）

　ふみ子は、乳癌が肺に移転して、昭和二九年、札幌医大付属病院に入院。その約半年後にはこの世を去る。大正一一年生まれであるので、三一年の生涯であった。その半生のドラマが、この『乳房喪失』に綴られている。

　しかし、ふみ子が本当の意味で世間から注目されたのは、一人の青年ジャーナリストが彼女の病床を訪れたことにはじまる。ふみ子が札幌医大の放射線科のベッドで苦しんでいる時のことであった。時事新報社文化部記者で、短歌の評論家でもあった若月彰は『乳房喪失』の取材のためやってきたのである。

二九年七月六日のことである。〈その頃すでに中城ふみ子さんの容態は危機に瀕し、医師から〝死期近し、余命はあと数日の見込み〟と診断され、危篤状態とのことだつた。私は、この薄命な女流歌人にインタービューする任務を帯びて、雨の東京を発つた〉と『乳房よ　永遠なれ　薄幸の歌人　中城ふみ子』（昭和30）には記されている。

むろん、取材後にすぐに戻るつもりであったが、病床のふみ子を見舞い、考えが変わったようだ。彼女に一首でも多くの歌を書かせたいという思いから、札幌にとどまり、ふみ子の母にかわり、看病したことなどが、舟橋精盛の日記などにもみられる。

ここでふみ子の病歴をたどっておきたい。昭和二七年二月に、帯広市の新津病院で、「左乳房単純性癌」と診断される。四月六日、同病院で、左乳房の切除手術。昭和二八年三月、右乳房転移の疑いで切除片を北大病院で検査。非癌性と判明。一一月三日、新津病院で右乳房の転移した部分の切除。一二月、札幌医大付属病院癌研究室の開設を新聞報道で知り、受診。乳癌が左胸部に転移して、昭和二九年一月七日、札幌医大付属病院放射線科に入院。二月、右肺下野に転移。四月一四日から六月二二日X線照射。六月二四日には、三九・四度の発熱があり、危篤状態に陥っている。（巻末年譜参照）

このようななか、若月はふみ子と会う。この間、会社には有給休暇を取り、ふみ子のもとに二〇日も滞在したことは、一ジャーナリストの範囲をこえている。若月は、その時二三歳で、小説家の丹羽文雄のところにも出入りし、短歌については、斎藤茂吉の晩年の弟子の一人を自称していた。その意味で短歌の世界に明るく、そうした知識をもとにして、ふみ子の死後、『乳房よ　永遠なれ』を出版した。

　それは瀕死の歌人を見舞った記録であり、若月にしか知り得ないふみ子の秘密が描かれている。若月のこの本は、本格的な中城ふみ子論ともなっていて、前半はその短歌を多く引用し、批評家らしい態度で歌の解説を行っている。後半では死を前にしたふみ子の姿が描かれ、二人が妖しく惹かれあっていく描写などがみられる。

　この若月の手記を読んだ田中絹代は、中城ふみ子の生涯を映画化しようと決意する。この頃、女優から映画監督に転身した田中は、自身にとっての三本目の監督作品として制作

映画「乳房よ永遠なれ」ポスター
（縦1メートル50㎝、横52㎝）
中川研一所蔵、日活。

にのりだした。映画のタイトルは「乳房よ永遠なれ」で、昭和三〇年に封切られて、ロングランとなっている。この映画によって田中は、映画監督として認められる存在となった。

この時、中城ふみ子を演じたのは月丘夢路である。癌に冒されて札幌医科大学附属病院のベッドで横たわる月丘の表情は、我々がよく知っているふみ子の表情に似ている。写真などでもよくみるショートカットの風貌は、利発な新しい女性を感じさせるものがある。

実はこの映画の最後に引用された短歌が、冒頭に紹介した、

遺産なき母が唯一のものとして残しゆく「死」を子らは受取れ

である。この映画のなかで、ふみ子は幼い二人の子供を置いて亡くなっていくが、ふみ子には実際に三人の子供がいて、末っ子は離婚した夫の実家に引き取られている。

初出は「鴉族」(昭和29・9)である。短歌の意味は、冒頭にも述べたが、小さい子供達に、遺してやるものはなにもないが、せめて自分の死の現実を受け止めて欲しいというものである。しかし、この歌に含まれた、もう一つの意味として、「死」という言葉に、「詩」が掛けられているともいわれている。(佐方三千枝『中城ふみ子 そのいのちの歌』)

中城は最期まで創作に意欲を燃やした。『乳房喪失』の「あとがき」にも、〈どの頁をひらいても母の悲鳴のやうなものが聴えるならば、子供たちは自づと母の生を避けて他の明るい土の上で生きる事であらうか。遺産もたぬ母が子供たちに残す歌も、かうして歌集になると世に問ふ意味を生ずる〉云々と書いている。

歌集が出版された一ヶ月後に、ふみ子は亡くなる。完成を彼女がいかに待ち望み、それを子らへの遺産と考えたかが分かる。

第2章　中城ふみ子と川端康成

「短歌研究」（昭和 29 年 4 月）

中城ふみ子の歌集『乳房喪失』は、昭和二九年に刊行された。その翌年に、「もはや戦後ではない」（「経済白書」）という言葉が流行語となり、この年の雑誌「文学界」には、石原慎太郎の「太陽の季節」が発表され、翌年の芥川賞を受賞した。雑誌のタイトルの横には「健康な無恥と無倫理の季節！　真の戦後派青年像は生れた」というキャッチコピーが踊っていた。

『太陽の季節』では、高校生の主人公津川が、ボクシングに熱中しながら部の仲間とタバコ・酒・バクチ・女遊び・喧嘩と、自堕落な生活を送り、津川の子を身ごもった英子は、中絶が原因で亡くなってしまう。新しい若者世代を描いたこの小説でも、女性はモノのように描写されている。

中城ふみ子が、短歌の世界で脚光を浴びたのは、「短歌研究」の第一回五十首詠応募作品（昭和29・4）においてであったが、そのタイトルは「乳房喪失」である。実は五十首詠といいながら、誌上に掲載された作品は四二首であった。八首は編集者の手によって削除されている。

今日もこの新人賞は続き、短歌研究新人賞と呼ばれている。いまは三十首の応募となっていて、厳密には別物であるが、精神は継承されている。なぜなら、この第一回五十首詠は、先ほども述べた五十首のうちのすべてを掲載したわけではないし、審査委員の合議制ではなく、編集者がみずからの選歌眼で選んでいたからである。第一回目が中城、第二回目が寺山修司であったところに、この賞の大きな意義があるといえよう。

この時に、多くの作品のなかから、中城の作品を見出したのは中井英夫であった。中井といえば、幻想小説やミステリーなどの作家として一家をなし、『中井英夫全集』（全一二巻）が、創元ライブラリ版として刊行されている。

全集の一〇巻目には、中井が「短歌研究」や「角川短歌」の編集者時代の秘話を綴った『黒衣の短歌史』が収録されている。

〈私は昭和二十四年一月から昭和三十五年六月までの足かけ十二年間、日本短歌社の「短歌研究」と「日本短歌」、角川書店の「短歌」三誌の編集長をつとめた。年齢にして二十六歳から三十七歳までである。これらの雑誌はいわゆる歌壇の総合雑誌——商業誌であって、「アララギ」などの歌人が主宰する結社雑誌とは違うものだが、その間の私は歌舞伎の黒衣《くろご》さながら、つとめて表へ出まいとし、本名で短歌評論を書いたり歌集の月旦をしたりということはなるべく慎んできたものの、なにぶんにも長い年月なので、その間、匿名あるいは記者として書き綴った文章は相当の量にのぼる〉とある。

中井は、新人の発掘もふくめて、独自なセンスによって、無名の新人であった中城ふみ子、寺山修司、塚本邦雄、葛原妙子、春日井建、浜田到らを発掘している。

詳しくは『黒衣の短歌史』に譲りたいが、全集には、さらに病床の中城ふみ子との往復書簡を収載している。書簡は、ふみ子が五十首詠に応募した直後からはじまり、死の前日の八月二日宛てで終わる。この書簡がいかに病床のふみ子を励ましたことであろう。

最初の書簡で中井は、ふみ子に五十首詠のタイトルの変更について打診している。じつは、当初のタイトルは「冬の花火――ある乳癌患者のうた」であった。それを「乳房喪失」と変更させて欲しいこと、さらに五〇首の中の八首を削除したということが書かれている。

タイトルの変更については、この時点ではさほど問題にはなっていない。しかし、『乳房喪失』が編まれる段階となると、ふみ子は、中井に対して強い抵抗を示している。そのことが二人の往復書簡からも読み取ることができる。

「あとがき」に「付記」として〈『乳房喪失』といふ題には何とも気が進まぬし、もともと「花の原型」とするつもりであつたが、結局出版社の意向に従つた〉と記されている。

中井がこのタイトルで押し切った背景には、すでに五十首詠のタイトルでもあり、歌集のクライマックスが乳癌の発症とその手術をクローズアップして歌っていたことにもよる。この歌集の成立については、往復書簡を子細に読めば、成立の過程が明らかとなる。

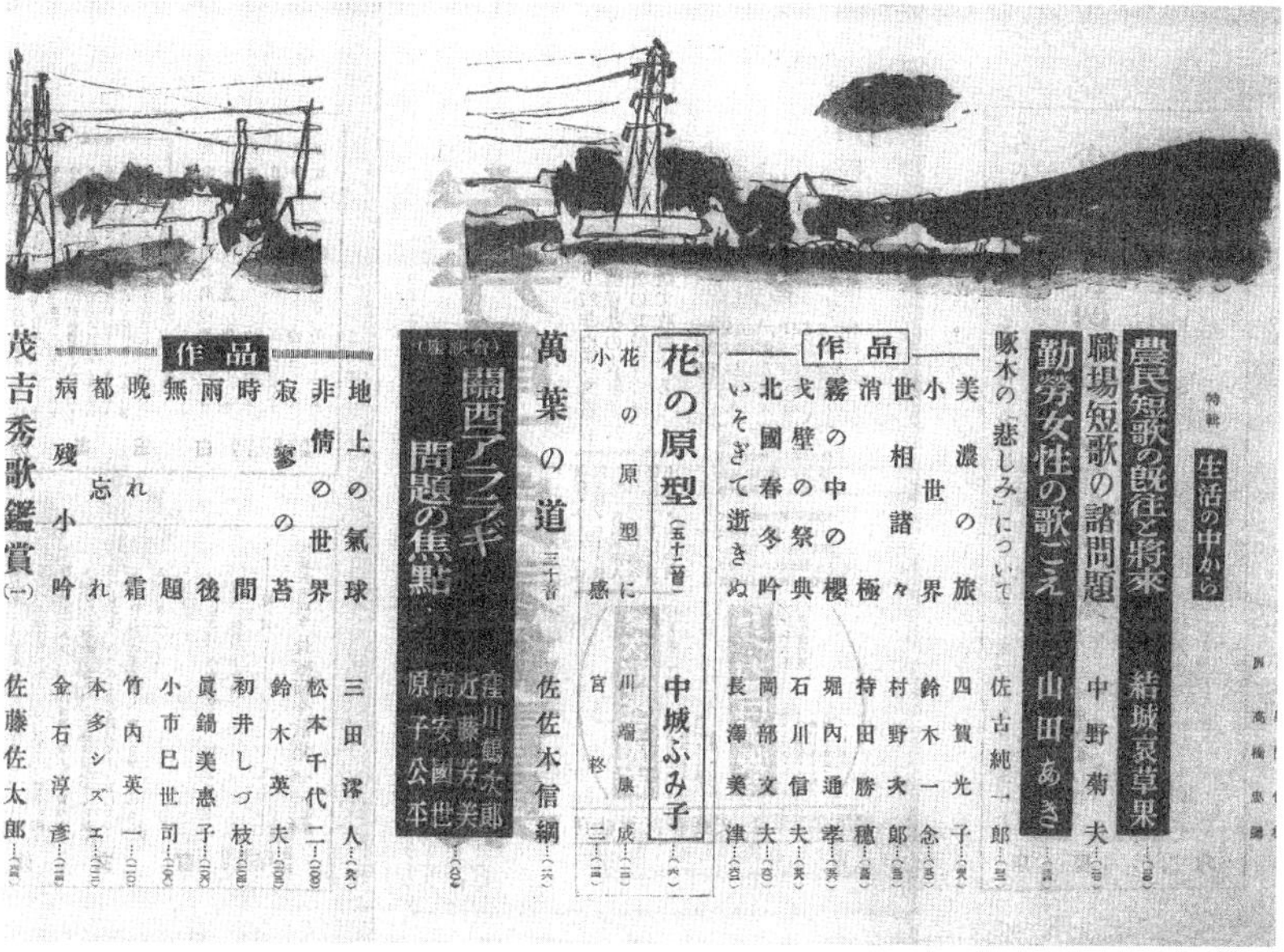
特輯 生活の中から
農民短歌の既往と將來　結城哀草果
職場短歌の諸問題　中野菊夫
勤勞女性の歌ごえ　山田あき
啄木の「悲しみ」について　佐古純一郎
作品
美濃の旅　四賀光子
小世界　鈴木一念
世相諸々　村野次郎
消極　持田勝穂
霧の中の櫻　堀内通孝
戈壁の祭典　石川信夫
北國春冬吟　岡部文夫
いそぎて逝きぬ　長澤美津
花の原型（五十二首）　中城ふみ子
花の原型に　川端康成
小感　宮柊二
萬葉の道 三十首　佐佐木信綱
（座談會）關西アララギ問題の焦點　窪川鶴次郎 近藤芳美 高安國世 原子公平
作品
地上の氣球　三田澪人
非情の世界　松本千代二
寂寥の苦　鈴木英夫
時間　初井しづ枝
雨後　眞鍋美恵子
無題　小市巳世司
晩霜　竹内英一
都忘れ　本多シズエ
病残小吟　金石淳彦
茂吉秀歌鑑賞（一）　佐藤佐太郎

「角川短歌」（昭和29年6月）目次

余命幾ばくもないことに気付いたふみ子は、みずからの歌集をこの世に残したいという思いから、札幌の印刷所で歌集の制作をすすめていた。ところが「短歌研究」の五十首詠で注目されると、中井から歌集出版の話を持ちかけられる。

既に札幌の印刷所では版組みまで進行していたというが、急遽、東京の出版社である作品社から刊行することが決定した。ふみ子はあらかじめ川端康成に序文を依頼する書簡をだし、創作ノートを川端に送り、出版の準備をすすめていたが(注1)、中城から送られたノートを読んだ川端は、思いもよらぬ行動にでた。

昭和二九年一月に創刊されたばかりの「角川短歌」に、中城の歌を推薦したのである。

この時に書いた原稿が後に、歌集の序文として用いられたのであるが、そこに「私は『花の原型』を読むと心にひびいた」とあり、この段階での歌集のタイトルは『乳房喪失』ではなく、「花の原型」であった事が分かる。さらに川端は、角川の社長と相談して、歌人の宮柊二の選を経て、雑誌にふみ子の作品を発表することを決めたという。

しかし、その時の川端は、「短歌研究」で中城が特選になったということを知らなかったのである。この病の歌人を世に出してやろうという意識が川端に働いていたことは確かである。

この間の経緯を中井英夫は『定本　中城ふみ子歌集　乳房喪失――附　花の原型』（昭和五一）の「跋」のなかで語っている。〈川端さんがこれまで序文を書いた女性というのは、決定的な不幸、逃れられない運命に確実に落ちた時だけなので、そのとき川端さんの眼には、蜘蛛の巣にかかった巨《おお》きな蝶の末期のあがきだけがあった。つまり氏には苦悶する美だけが大事だったんだというたぐいを喋ると、三島氏（三島由紀夫……著者注）はニべもない顔で、そんなこと（作家だったら）当り前じゃないかと答えた。しかしいま『眠れる美女』を読み返すとき、川端氏の見ていたのは決してただの残酷の美学ではない、もう少し自分に引きつけた死そのもの、それへの共感だったことが判然とする〉と述べている。

冷徹な見方であるが、川端はみずからの文学観によって、ふみ子を推薦していたのである。ふみ子の文学が川端の文学になんらかの影響を与えた事は、ふみ子の死後刊行された川端の代表作『眠れる美女』（昭和三五）に表れている。

〈若くて癌で死んだ女の歌読みの歌に、眠れぬ夜、その人に「夜が用意してくれるもの、蟇《がま》、黒犬、水死人のたぐい」というのがあったのを、江口はおぼえると忘れられないほどだった〉という部分がある。眠ることを欲して、永遠の眠りをも求めた川端らしい。

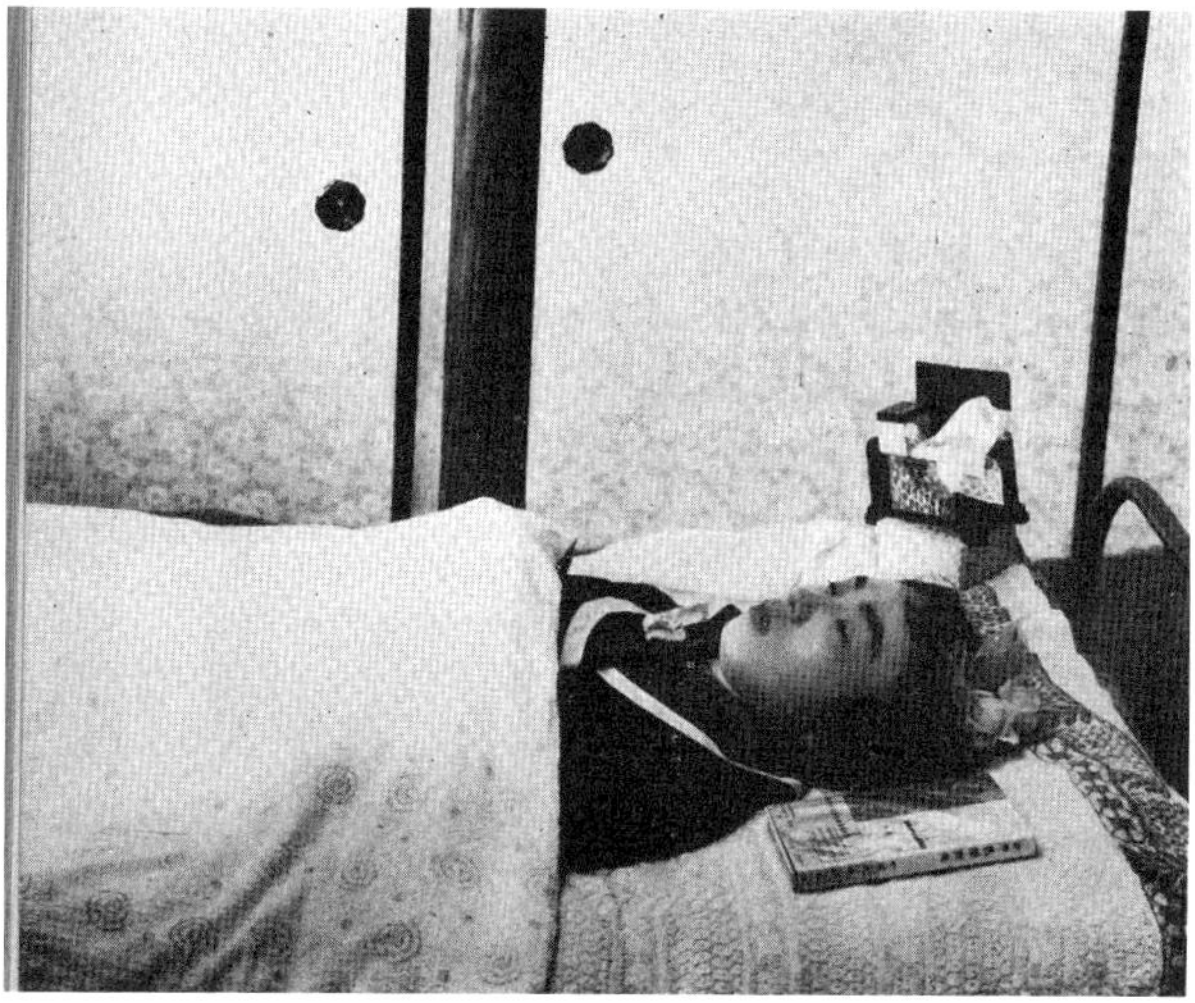

『花の原型』（昭和30・4）、扉の写真、中城ふみ子の遺影

この眠れる美女は、性欲が減退した老人が、海辺の宿で、睡眠薬によって全裸で眠っている女性と一夜を共にするという小説である。じつに奇妙なのだが、川端の眠りへの憧れのようなものが透かしみられる。

ここで引用されたふみ子の歌は、死後刊行された『花の原型』に収録されている。

不眠のわれに夜が用意しくるるもの　蟇《がま》・黒犬・水死人のたぐひ（注2）

不気味な気配をただよわせている。眠れぬ恐怖とたたかいながら、死の床にある不安を描いている。

近年、「週刊新潮」（平成三〇年九月一三日号）に掲載されたレビューのなかで、梯久美子は、川端にこの『眠れる美女』を書かせたのは、ふみ子の死後、中井の手によって刊行された『花の原型』の扉に掲載されたふみ子の写真ではなかったかと言っている。この写真には死化粧が施され、横たわるふみ子が写されていた。この写真が川端のインスピレーションを刺激し、『眠れる美女』を書かせたのではないかというのである。

〈『眠れる美女』は睡眠薬で眠らせた娘と共寝をさせる宿の話で、主人公が同宿した娘は眠っているうちに死んでしまう。この小説は、眠っているのか死んでいるのかわからない、ふみ子の美しい遺体写真にインスパイアされたものなのではないかと密かに私は思っている〉。

「角川短歌」では、川端の推薦によって、ふみ子の一連が「花の原型」というタイトルで掲載されることになったが、当時編集部が依頼した宮柊二は、最終的に五一首を選び、雑誌に掲載している。その時、川端の文章も併せて掲載された。しかし、この文章のなかで川端はふみ子からの書簡を多く引用していたため、ふみ子は落胆してしまう。

死が刻一刻と迫るなかで、ふみ子は川端の序文を待つか、他の人に依頼すべきかを中井と相談している。川端を督促することも考えられるが、川端の機嫌を損ねるくらいなら短歌雑誌ひとつつくらいつぶしてもいいという出版社の意向を考えると、それもできなかったという。致し方なく、角川の文章をアレンジして、歌集の序文を作ることにした。

（注１）東京家政学院時代に、ふみ子に短歌を指導した池田亀鑑による幻の序文の存在が明らかとなり、平成二七年十一月号の「短歌研究」に、その下書きが公開された。川端康成より先に序文を依頼されていた池田は、病のために、その序文を書きなずんでいた。一方で死期が迫っていたふみ子も、池田の序文を待つことができなかった経緯が、子息の池田研二や佐方三千枝による文章で分かる。

（注２）『定本　中城ふみ子歌集　乳房喪失――附　花の原型――』で中井英夫は「用意しくるもの蓑、黒犬、水死人」の部分を引用歌のように訂正している。

第3章　「短歌研究」五十首応募作品の衝撃

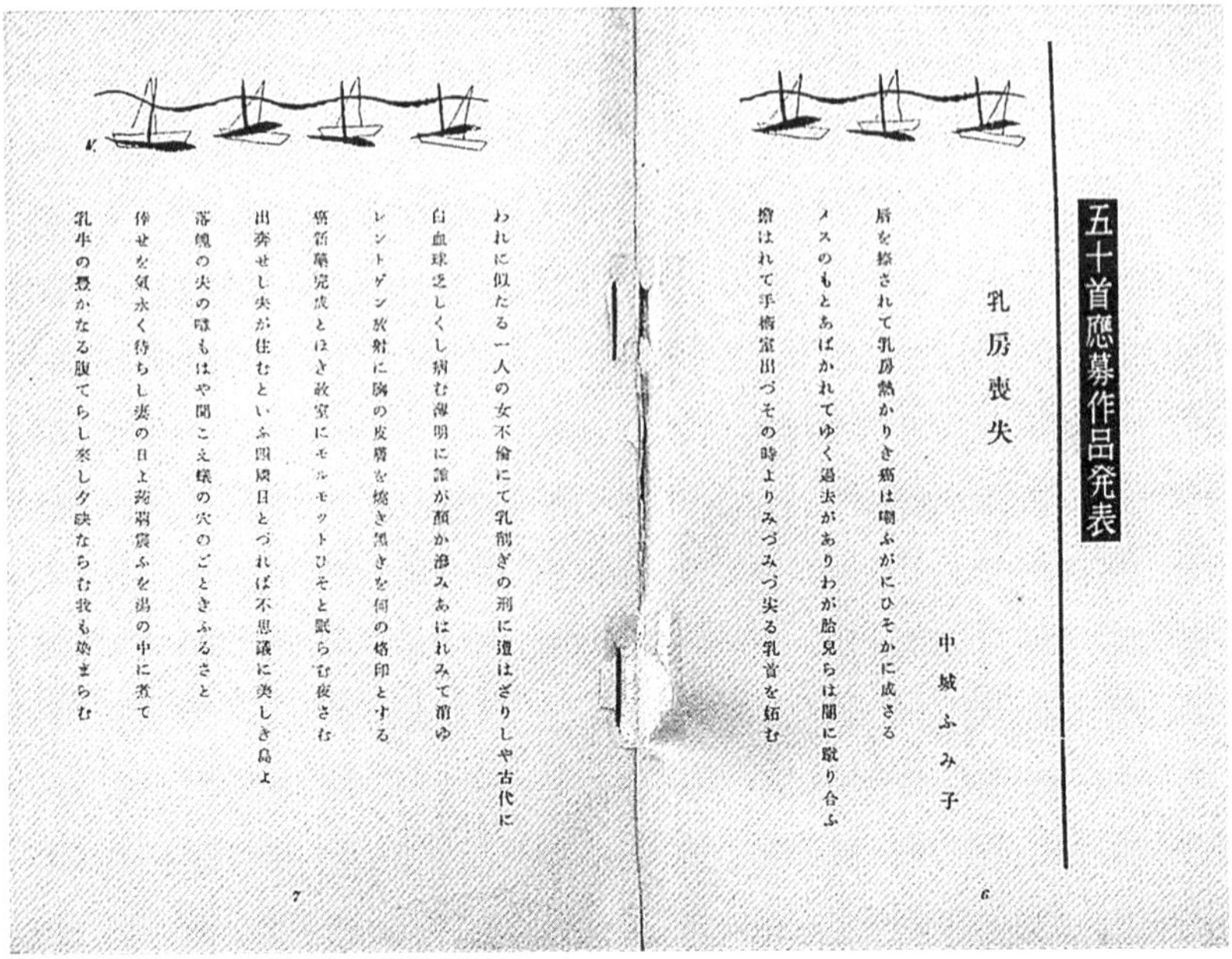

五十首應募作品発表

乳房喪失

中城ふみ子

唇を捺されて乳房熱かりき癌は嘲ふがにひそかに成さる
メスのもとあばかれてゆく過去がありわが胎児らは闇に蹴り合ふ
擔はれて手術室出づその時よりみづみづ尖る乳首を妬む

6

われに似たる一人の女不倫にて乳削ぎの刑に遭はざりしや古代に
白血球乏しくし病む薄明に誰が顔か浮みあはれみて消ゆ
レントゲン放射に胸の皮膚を焼き黒きを何の烙印とする
癌新薬完成とほき教室にモルモットひそと眠らむ夜さむ
出奔せし夫が住むといふ四国目とづれば不思議に美しき島よ
落魄の夫の噂もはや聞こえ蝶の穴のごときふるさと
倖せな気永く待ちし妻の日よ蒟蒻震ふを湯の中に煮て
乳牛の豊かなる腹てらし来し夕映ならむ我も染まらむ

7

「短歌研究」(昭和29・4)、中城ふみ子「五十首応募作品」

さて、ここで中城ふみ子を世に出した「短歌研究」(昭和29・4)の「乳房喪失」の一連を紹介してみよう。

唇を捺されて乳房熱かりき癌は嘲ふがにひそかに成さる

メスのもとあばかれてゆく過去がありわが胎児らは闇に蹴り合ふ

担はれて手術室出づその時よりみづみづ尖る乳首を妬む

われに似たる一人の女不倫にて乳削ぎの刑に遭はざりしや古代に

冒頭の四首である。ここには一つの物語を暗示するための連作という手法が取り入れられている。連作とは、短歌によって一つの物語を紡いでいく手法である。詩や小説の影響によって考案されたもので、短い短歌を構成によって、物語風に読者に読ませることができる。

むろん作中の「われ」は、現実の「中城ふみ子」とは別の、構築された人物といってい い。作中の人物は不倫をしていて、みずからの乳房を相手の男に与えるわけだが、そうした恋の情熱のただ中において、乳癌が発見される。

かなりきわどく、冒頭から読者をひきつける内容である。そして、手術による片側の乳房の切除。手術室から運び出される時、もう片方の乳房が、「みづみづ」と尖ったというのが、三首目である。二首目はもっとも難解であるが、手術の麻酔のなかで、過去の出産や中絶の記憶が甦ってきたのであろうか。

こんなリアルな世界を告白するように歌った女性歌人はこれまでにあまり例がない。この一連を見た批評者たちは、一様に戸惑いをみせている。中井だけは、新人をみる眼について、次のように語った。

〈編集部のもつとも期待したのは新しい精神の出現であつた。独善に陥らずしかも「現代短歌」の概念を一挙に覆すほどの鮮烈な物の見方・考え方を引提げて登場する人こそ新人の名にふさわしい〉

現代においても納得のいく短歌観である。そして〈特選の中城ふみ子氏は、先にいつた新しい精神への期待に稍々応えてくれたものといえる。人によつてポーズの過剰に眉をひそめるかも知れぬが、平明枯淡の身辺詠が主流となつた現代短歌への反措定の一石を投ずるものであろう〉と、中井は語っている。

翌五月号で、「五十首入選作品への歌壇の反響」が掲載され、八人の歌人たちが賛否両論を述べている。中井は後にこれを振り返って〈活字にならない罵言はさらに強く、それを耳にして私は初めて悟った。歌壇はいまも昔も、決して新人なんか欲してはいないのであった〉（『黒衣の短歌史』）と述べている。

先の反響のなかで、中野菊夫が〈中城ふみ子のは表現が大雑把だ。身ぶりが非常に眼につく。素材に中心をおきすぎ、凭れすぎてゐる。いかにも全体が（実感ではあらうけれど、読者の立場になれば）作りものだといふ気がする〉と述べ、この一連を「身ぶり」「作りもの」と批評している。

これはふみ子の短歌の本質を別の言葉で言い換えているような気がする。この一連にあるのは、やはりフィクションであり、その意味で小説的な構成であるからである。さらに読み進むと、

出奔せし夫が住むといふ四国目とづれば不思議に美しき島よ（注1）

という歌が出てくる。この一首を読む限り、一緒に住んでいた夫が、四国へ逃げ、姿をくらましたとでも読めるが、ふみ子研究がすすむにつれて、ふみ子の夫は転勤によって、四国へ赴いただけで、四国に出奔したことはなかったという。小川太郎によれば、〈この歌には高松に行く前に、先発した夫と一時的に別居していたときのふみ子の気分が反映して

いるように、私には思われる〉（『ドキュメント・中城ふみ子』）とあって、明らかに虚構なのである。

戦後短歌は、事実というものに縛られ、作中の私が、作者である私と同じでなければならないと考えられていた。近代短歌の作歌理念である写実が、主流であったからである。写実（写生）とは、日常をありのままを描くという教えであった。和歌が近代化するときに意味のあったこの作歌方法も、戦後においてはパターン化した身辺の描写となっていたのである。

冒頭の四首が驚くべき破壊力をもっていたのも、このような理由からである。中井がいう、現代短歌の概念を一挙に覆すほどの鮮烈さをふくみこんでいた。そして、この一連は次のような歌で終わるのである

失ひしわれの乳房に似し丘あり冬は枯れたる花が飾らむ

乳癌手術によって失った自らの乳房と冬枯れの丘を重ねている。そこには花が枯れており、それがその丘を飾っているというのだ。この「枯れたる花」を、道浦母都子は、『女歌の百年』（平成一四）のなかで、雪のことであろうと述べているが、やはりこれはイメージとしてほんとうに枯れた花と解釈するのがいいのかもしれない。道浦が雪のことだと言ったのは、中城ふみ子が北海道の帯広の出身であり、亡くなった病院も札幌にあったからである。

この時期、同じく札幌医科大学の医学生であった作家の渡辺淳一は、後にふみ子の生涯を描いた小説『冬の花火』（昭和50）を書く。このタイトル「冬の花火」は、ふみ子が、五十首詠に応募する時につけた元のタイトルであった。

不倫小説を得意とした作家の作品らしく、中城ふみ子の生涯も不倫を基調として捉えられたのである。この小説が読まれることによって、ふみ子のイメージは、いっそう事実と違ったものに作りかえられていった。

渡辺淳一とふみ子をつなぐものは札幌医大という場所のみである。〈中城ふみ子さんが札幌医大病院で亡くなった時、私はその大学の医学部の一年生であった。その時、私は中城さんの歌のことも、恋のことも、死のことも知らなかった。ただ、偶然先輩の医師を訪ねて放射線科の詰所に行った時、暗い病棟と、そのなかで迫り来る死を待っている人々の群を見ただけである〉（『冬の花火』）と記している。それでも渡辺がこの中城ふみ子という歌人を小説に描こうとしたということは、この歌人の作品の中に渡辺好みのイメージがふくまれており、それはふみ子の戦略でもあったのである。

短歌が現代文学であるのなら、小説と同じようにフィクション性があってもおかしくないのであるが、この時代の短歌観は、厚い岩盤のように作者やそれを詠む者を縛っていたのである。

（注１）『乳房喪失』（昭29・7）では「出奔せし夫が住みゐるてふ四国目とづれば不思議に美しき島よ」となっている。

第4章　『乳房喪失』の構成

中城ふみ子の歌集『乳房喪失』には、新人五十首詠の作品をふくむ四九一首が収録されているが、これを子細に読んでいくと、そこにも一つの物語が浮かび上がってくる。

アドルムの箱買ひ貯めて日々眠る夫の荒惨に近より難し

歌集の構成として、「夫の落剥」「不倫の恋」「離婚」「若い恋人との恋」「乳癌の発見」「手術」「癌病棟」というストーリーが浮かび上がってくる。そのため、離婚に到る過程を描く場合、夫の悪を強調する必要があった。

夫の博は、鉄道省札幌工事事務所の技師で、エリートコースを辿った人らしい。鉄道省とは、当時の国鉄を管轄する省庁で、昭和一八年一一月から、運輸通信省に名称をかえている。

戦時下の昭和一七年に、一九歳で結婚したふみ子は、夫の転勤に従って、戦中・戦後と札幌、室蘭、函館、札幌と転居している。室蘭では米軍による艦砲射撃に怯えたこともあるが、戦争による徴兵や空襲による被害からは免れている。このようななかで、夫である博は、函館の五稜郭出張所の所長として栄転。青函連絡船の船着き場の設計などに携わったという。(『ドキュメント・中城ふみ子』)

だが、順調に見えた一家にも、いくつかの不幸が訪れる。一つは、昭和一九年一一月に次男の徹が生後まもなく死亡したこと。同じく一一月に博の母が亡くなった。こうしたことが一家に暗い影を落とし、さらに戦後、昭和二一年には、博が、所長の職を免じられ、札幌鉄道局施設部に転勤になった。いわゆる左遷であるが、業者などとの癒着があったといわれる。二三年には、博は、四国鉄道局へと転勤を命ぜられ、一家もこれにともなって、四国へと転居している。しかし、翌年には国鉄を辞めて、ふみ子の故郷帯広へ引き上げている。

夫の荒惨の原因は、以上のようなことであったが、アドルムという睡眠用の鎮静剤を用いたというのは、ふみ子の脚色であるという。博が、後に「北海道新聞」の山名康郎に手渡したノートに、こうした実生活が記されていたといい、山名は「博は酒とも、アドルムとも無縁の人だった。〈歌によって復讐された〉と山名に嘆いていた」（『中城ふみ子の歌――華麗なるエゴイズムの花』（平成12））という。フィクションといえど、ここには究極に堕落した夫の姿が描かれており、これが離婚への伏線となっている。しかし、すべてが仮構の世界かというとそうではない。

倖せを疑はざりし妻の日よ蒟蒻《こんにやく》ふるふを湯のなかに煮て

衿のサイズ十五吋《インチ》の咽喉仏《のどぼとけ》ある夜は近き夫の記憶よ

こうした結婚生活のリアルな歌も綴られている。

ふみ子は小田観螢《かんけい》主宰の「新墾」に所属し、さらにその支部ともいえる「辛夷」（野原水嶺編輯）にも所属し、野原に指導をうけている。いずれも太田水穂の「潮音」の傘下にある雑誌であった。水穂は、芭蕉に心酔し、象徴ということを唱えた歌人で、その弟子たちの指導理念も、こうした傾向にあったといえよう。

一首目の「倖せを疑はざりし」とあるところは、「短歌研究」では、「倖せを気永く待ちし」となっていて、歌集に入れるときに変更されたのである。倖せを気長に待っていたという場合と、倖せを疑わないという場合とは、印象が大きく違う。後者の場合は、やはり次第にすさんでいく夫への伏線となっているのである。下の句の蒟蒻の描写が、倖せに震えているという心の比喩となっている。


そして二首目では、襟のサイズによって、夫の記憶を呼び覚ますわけだが、文学において、こうした具体的な数値は、作品世界のリアルさを保証している。それは夫のためにワイシャツなどを買った過去を連想させる。

「倖せを」の歌の「蒟蒻ふるふ」、また「十五吋《インチ》の咽喉《のど》仏《ほとけ》」などの描写によって、読者は、この作品が事実であるかのごとくに錯覚し、この歌集を読み進むことになる。

そして、子供たちのことが書かれるのである。


　悲しみの結実《みのり》の如き子を抱きてその重たさは限りもあらぬ

ふみ子は四人の子供を産んだが、二人目を生後まもなく失った。ここで悲しみのみのりといわれた子供たちは三人の子供である。この歌が昭和二六年六月の「新墾」にみられ、この時期ふみ子は離婚を前提にして、別居をはじめている。

それにしても、「みのり」とは喜びという言葉にこそ接続されるべきであり、「悲しみ」

のようなマイナス感情には、くっつくことはなかったであろう。真逆な意味に言葉を接続させる手法は、詩的な方法といっていい。

現代とは違い、離婚して実家に戻ることを「出戻り」などといって、人々が噂した時代である。こうしたことが、女性としての不幸を、更に倍加させていた。

ひそひそと秋あたらしき悲しみこよ例へばチヤツプリンの悲哀の如く

「ひそひそ」は周囲の噂話であり、それが新たな悲しみとなる。それはあたかも、チャップリンの悲哀のようだという。チャップリンは、ハリウッドで活躍した映画俳優、ならびに監督である。イギリス紳士の格好をして、喜劇を演じた無声映画のスターであった。喜劇と悲劇のすれすれのところで、哀感をかもしだすことが得意であった。こうした映画も、ふみ子には親しく、かつて観た映像の断片が、歌となって現れ出たのである。

この歌の構造を分析してみると、上句で「ひそひそ」という噂話などに用いられる文脈がみられる。ふみ子はこの時期、片方の乳房を癌で切除し、さらに片方にも癌がみつかっている。このような状況を「秋あたらしき悲しみ」と歌っている。それは下句のチャップリンの悲哀

中城ふみ子、子供たちとの写真（昭和23年）、帯広市図書館蔵

のようだという。自らの人生を喜劇として捉えているのである。

ふみ子が博と正式に離婚したのは、昭和二六年、二八歳の時で、ここからのふみ子の生活は、挫折と栄光に向かってすすんでいく。その生活を『乳房喪失』という歌集に重ねて読むことは戒めなければならないが、しかし、そこには、

父なき子の重みに膝がしびれゐるこの不幸せめてたれも侵すな

と詠んだように、離婚＝不幸というような図式で捉えられるような生活があった。そうしたなかで、ふみ子は自立を目指して、子らを実家に預けて、東京へ職を求めて出かけた。タイピストとして自立しようと考えていたと言うが、おそらく東京での学生生活が忘れがたく、クラスメイトを頼って上京したものと思われる。しかしこれも一月もたたぬうちに母親によって、実家へと連れ戻されてしまう。子供を置いての東京暮らしは無理があったのであろう。

実家では呉服商が営まれていて、ふみ子はそれを手伝うことによって、暮らしを立てねばならなかった。


大楡《おほにれ》の新しき葉を風揉めりわれは憎まれて熾烈《しれつ》に生たし

「新墾」（二八年一〇月）発表のこの歌にも、周囲の辛い視線が描かれる。自分は憎まれて熾烈に生きたい、という下句に対して、上句で大きな楡の木が風に揉まれる様が描かれる。楡はふみ子自身であり、そのふみ子が、周囲からの視線に耐えているという構図がこ

の歌にはある。こうした作品をつくる方法は、上と下とのイメージをつなぐという方法であった。

第5章　シュルレアリスムと戦後短歌

太平洋戦争末期には大規模な空襲が、北海道の主要都市を襲っている。札幌のように奇跡的に爆撃を逃れた都市もあったが、やはり日本という運命共同体のなかにあって、苦しい時期には違いなかった。

ふみ子も幼い子供を抱えながら爆撃に怯えていたことが、日記などからうかがわれる。しかし、ふみ子自身は戦争による甚大な被害をまぬがれていた。そのことは、「短歌研究」の受賞の言葉に書かれた「折々のつぶやきや叫びを声にしようとして始めた作歌が、あの戦争を殆んど無傷のままくぐり抜け」(「不幸の確信」)という言葉からも分かる。

戦後、新たな改革が進駐軍の方針によって、打ち出された。日本は六年近くの占領期間を経て、国際社会にふたたび返り咲くことになるが、この占領期間には、日本文化の見直しがいたるところで行われていた。

なかでも昭和二一年一一月にフランス文学者の桑原武夫によって書かれた「第二芸術――現代俳句について」(「世界」)は、大きな反響を呼んだ。戦時中に推奨された伝統文芸が、戦後社会において懐疑の目を向けられたからである。

その最初に現代俳句が桑原の批判の対象となっていた。大家や素人の作品を無記名で掲載し、その作者をあてるという方法によって桑原は、近代化した作家の文体を、俳句のような短い詩型に盛ることはできないと言った。フランスの小説を研究する桑原の目からみると、俳句は「芸」にしか映らず、そうした創作物を芸術と呼ぶには躊躇されるので、

「第二芸術」と呼び、他と区別すべきだといった。

短歌についても同じで、後に「短歌の運命」（「八雲」、昭和22・5）という文章を書き、短歌のような短い詩型では、複雑な現代社会を描くことができないと述べた。その後、桑原の言説は、多くの論議を巻き起こし、こうしたものをまとめて第二芸術論と呼んだのである。

なかでも小野十三郎によって書かれた「奴隷の韻律」（「八雲」、昭和23・1）は、短歌の韻律や構造に対する嫌悪感を表明したものである。こうしたものを奴隷のリリシズム（抒情精神）と呼び、多くの歌人に衝撃を与えた。いわゆる戦後の短歌は、こうした否定論にどのように応えていくかというところが問われていたのである。

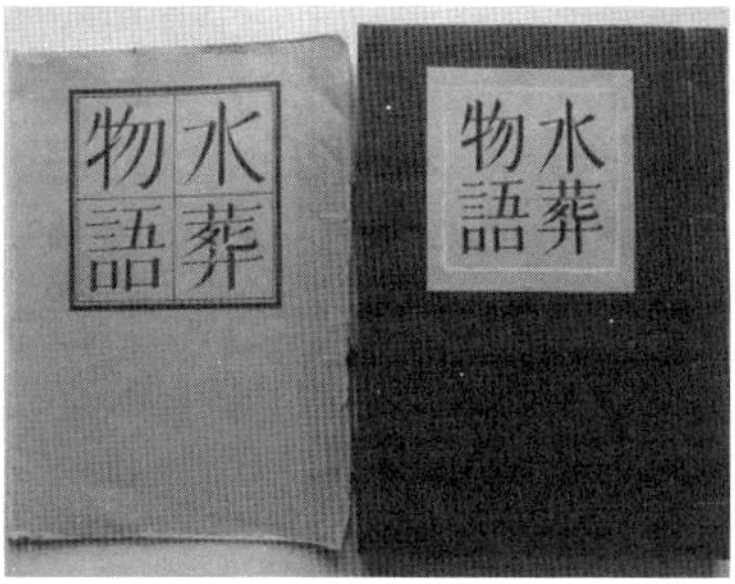

塚本邦雄『水葬物語』（昭和26・8）

こうしたなかで短歌の総合誌である「短歌研究」では、中井英夫編集長が、新人の発掘に力を注いでいた。昭和二六年には塚本邦雄の『水葬物語』が出版され、すでに塚本の歌に着目していた中井は、同誌で「モダニズム短歌特集」（昭和26・8）を企画している。

塚本邦雄は戦後短歌の考え方を大きく転換させた歌人であるが、この時点ではまだ無名な新人であった。『水葬物語』では次のような世界が描かれていた

聖母像ばかりならべてある美術館の出口につづく火薬庫
痙攣《ひきつ》れる死鶏の眼、輪唱の　輪唱の輪のひろがるなかに

二つのイメージが鮮烈に対照されている。こうした作品は、菱川善夫によって「辞の断絶」と呼ばれたが、それは二つのイメージを鮮やかに対立させることにあった。塚本は短歌の世界に蔓延する写実の手法を離れて、「幻想」というキーワードによって、短歌の世界を変革していった。

聖母像ばかりが並べてある美術館がヨーロッパにあるのかどうか分からないが、その美術館からは確実に火薬庫へと道が通じている。キリストの愛を説く聖母像と、戦争の弾薬を納めた火薬庫という真逆なものを、一首のなかに結び合わせることによって、危機意識を創出している。

さらに二首目は、取り囲まれ、糾弾されつつある鶏のその周囲で輪唱の場が広がりをみせているという。しだいに籠の中の鳥は追い詰められていく。これは戦後社会の中で起こった戦争犯罪人や、あるいはレッドパージによる共産主義者への弾圧などがそうであったのかもしれない。

塚本の手法は昭和三〇年代において花開いていくのであるが、この時点では非常にわかりやすいイメージの対照をみせている。小野十三郎が批判した短歌のウエットな韻律をドライなものに変え、調べを屈折させることで、詩としての短歌を甦らせようとしていた。

塚本邦雄は「零の遺産」という文章の中で、〈僕たちはアバンギャルドに関する限り何ものをも継承しなかった〉と記したが、のちに前衛短歌の騎手として短歌の世界を変革させた塚本邦雄の第一声である。

こうした動きは中城ふみ子の短歌とも全く無縁のものではなかったのである。同じ時代を呼吸した短歌のみが持つひとつの時代様式がそこに揺曳している。それは、モダニズムという言い方で当時捉えられていたものであり、塚本のようにアバンギャルド（前衛）といえば政治的な意味をも含有しているように思える。

これらは大正期以降、日本にもたらされたのであるが、ヨーロッパ近代の芸術様式で、イギリスのイマジズムや未来派、キュビズム、ダダイズム、シュルレアリスムといったものをふくみこんでいた。

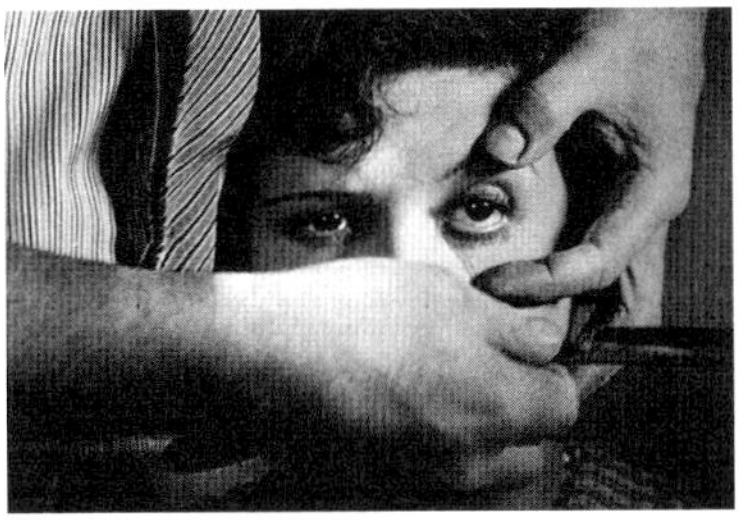
映画「アンダルシアの犬」（1929 年公開）

モダニズムの収斂された様式であるシュルレアリスムについて説明すると、例えばルイス・ブニュエル監督が撮ったわずか二十分ばかりの映画「アンダルシアの犬」に、そのシンボリックな構造をみることができる。

例えばその冒頭のワンシーンは、一人の男が夜にカミソリを研ぎ、おもむろに女の目を切り割いてしまう。一方のカメラは、夜の空に浮かぶ月を撮り、すうっと雲が月を隠していくのである。こうした二つのイメージの連結は、シュルレアリスムの芸術家の得意とするところであった。

この様式は、無意識にある人間の恐怖や狂気といったものを、深層心理のなかから取り出してきて描くという手法である。ここで使われた二つのイメージの連結は、コラージュやデペイズマンと呼ばれる技法である。

コラージュは、別々の雑誌から切り抜かれた画や写真を、一枚の紙に貼り付けることで、一つの物語をつくっていく手法である。また、デペイズマンは、異なった環境に置くということを意味し、あるものを別な環境のなかに置くことで、物同士の奇異な出会いをつくることであった。たとえば、便器を「泉」と名付けて、美術館に展示するような試みをさしていた。

これらは一九世紀の詩人ロートレアモンが一〇〇年前に「マルドロールの歌」で述べた「手術台の上でのミシンとこうもり傘との出会いのように美しい」といった、偶然の結びつきによる詩の方法をシュルレアリストはよく引き合いにだした。

一九二四年にパリで、アンドレ・ブルトンがシュルレアリスム宣言をだすと、詩における動きは加速する。そこには二つのイメージの結びつきが、新しい世界を作るということであった。

「イメージは精神の純粋な創造物である。それは直喩から生まれることはできず。多かれ少なかれたがいにへだたった二つの現実の接近から生まれる。接近する二つの現実の関係が遠く、しかも適切であればあるほど、イメージはいっそう強まり――いっそう感動の力と詩的現実性をもつようになるだろう……云々」」（巌谷国士訳『シュルレアリスム宣言・溶ける魚』、岩波文庫）

これはピエール・ルヴェルディの言葉を、ブルトンが引用したものであるが、シュルレアリスムというものの根本的な方法というものをよく語っている。こうした芸術を創作する手法を短歌に導入したのが塚本邦雄である。

暗渠の渦に花揉まれをり識らざればつねに冷えびえと鮮《あたら》しモスクワ

コクトーが屍《し》にしろがねの髪そよぎ裂かれし鮭の肉にふる雪

前者は、『装飾楽句』（昭和31）の作品。排水溝などへ桜の花びらが吸い込まれて、渦になっている様子が描かれ、下句でソ連時代の知られていないモスクワの様子が重ねられる。両者とも想像力を駆使することで、つねに新鮮であるという。二首目は『緑色研究』（昭和40）に収録されている。ジャン・コクトーの死は、心臓発作であったが、なにか惨憺《さんたん》たる死のイメージを連想させる一首となっている。

塚本邦雄が短歌に取り入れようとした様式は、シュルレアリスム様式を包含したモダニズムの様式であった。このような作詩法は短歌が戦後的なものを脱皮していくために、大きな功績があった。

しかし、『水葬物語』を経て、『日本人霊歌』（昭和33）、『緑色研究』に至る塚本の芸術的な究極は、やはり昭和三〇年代に至ってから花ひらいたものであった。

むろんこうした様式は戦前の短歌にも例外的にみられるものであった。例えば前川佐美雄の『植物祭』（昭和5）などには、シュルレアリスムの傾向がみえる。たとえば、

胸のうちいちど空《から》にしてあの青き水仙の葉をつめこみてみたし

ひじやうなる白痴の僕は自転車屋にかうもり傘を修繕にやる

胸のうちを空にするということと、水仙の葉をつめこむということには、詩の上での関連性以外にないのである。また、二首目は、ロートレアモンのミシンとこうもり傘との関連を想起させる。こうした流れも、戦前に盛んであったプロレタリア短歌などと同じく、戦時体制の強化によって、歌人たちの伝統回帰のなかに泡沫と消えていった。

このあたりについては、加藤克己が『現代短歌史』（平成5）のなかで記している。昭和初期にこうした動きは新芸術派と呼ばれていたが、その筆頭であった前川佐美雄は、当時の流行であったプロレタリア短歌へ流れて、純粋な詩の活動から遠ざかってしまったという。

イメージを合成することによってつくられた世界は、いずれ現実を変えるものの見方を暗示するものであった。それらが、政治変革の思想とも結びついてゆくことを、昭和初期の政府は忌み嫌った。日中戦争から太平洋戦争につながってゆく日本において、シュルレ

アリスムの代表的な詩人滝口修造が特高に逮捕され、シュルレアリスムと共産主義との関係を問われたが、この二つの運動は本来関係のないものである。

昭和一四年に中城ふみ子は東京家政学院に入学した。東京に遊学したことで、沈みゆく東京の最後の輝きを目撃している。そして池田亀鑑が指導する東京家政学院のさつき短歌会で歌を学んでいる。その冊子「おち葉抄」の次のような歌が見い出される。

　絢爛の牡丹のさなかに置きてみて見劣りもせぬ生涯なりし（故岡本かの子に）

ふみ子はすでに昭和一六年には、帯広に戻っているが、この冊子が刊行されたのは昭和一六年一二月二五日である。太平洋戦争が勃発した二週間後にあたる。

この直前に岡本かの子が亡くなっている。牡丹の花にも見劣りがしないほどの生涯であったと、ふみ子は書いているが、岡本かの子は一人息子の太郎を、シュルレアリスムの花開くパリに留学させている。

かの子自身、自由奔放な女性として知られているが、夫の岡本一平の許しを得て、好きな男を自宅に住まわせたり、歌人でありながら、『鶴は病みき』『老妓抄』などの小説を書いてもいる。かの子はみずからの子供の頭にけつまずくような母親であったと、後に太郎は語ったが、

「おち葉抄」（昭和16・12）東京家政学院光塩会所蔵

ふみ子のその後の生き方に影響を与えていることは否めない。

それよりも、ふみ子の学んだ時代の東京は、一つの成熟があり、もし戦争によって東京が破壊されなければ、そうした文化の連続性は、この街に残っていたはずである。東京でのふみ子は、寮に入りながらも、ボーイフレンドをつくり、銀座あたりでデートを楽しんでいる。まさにモダンガールの一人であった。そうした雰囲気の中で、モダニズムの残影を感覚的に捉えていたと考えていい。


　シュミーズを盗られてかへる街風呂の夕べひつそりと月いでて居り

ふみ子の短歌にはこうして二つの異なったイメージを一首の中で融合させている歌が多い。シュミーズはスリップのような下着で、それを風呂屋で盗まれたという。これに対して、下句で、ひっそりと出る月を描いている。全く異なるイメージを定型の中で連結させている。塚本邦雄のようにまったきフィクションの世界ではないが、この一方のイメージに現実を重ね、また一方に仮構の現実がくわえられている。それはふみ子が脳髄のなかに描いた真実の像であったのかもしれない。

ふみ子の短歌の特徴として、こうした身体的現実とフィクションのイメージの取り合わせというのが、重要な技術となっていることをここで指摘しておきたいのである。

第6章　中城ふみ子と与謝野晶子

東京家政学院旧校舎

さて、ここでもう一つ隠れた事実を指摘しておかねばならない。それはふみ子が通った東京家政学院の場所が、明治の和歌革新運動の聖地と重なるということである。

現在の東京都千代田区三番町に、明治三二年の末から明治三四年四月まで、与謝野鉄幹が住み、東京新詩社を興している。当時は東京麴町区上六番町といわれ、その隣には博文館創業者の大橋佐平・新太郎が居を構えていた。のちに大橋図書館がこの場所に建造されるが、いまは東京家政学院がそこに建っている。

〈元々、川上操六の邸宅であった場所を、「太陽」などの雑誌で有名になった博文館の佐平が買い取った。番地で言うと、上六番町「四三」が大橋佐平・新太郎の邸宅で、隣の「四四番」に大橋図書館、「四五番」に鉄幹と滝野の住んだ借家があったことになる〉（拙著『与謝野晶子をつくった男　―明治和歌革新運動史』）

おそらく、ふみ子は、こうした事実を、同校で文学を教えていた池田亀鑑から教わっていたに違いない。

鉄幹は、内縁の妻である林滝野と同地で、「明星」を創刊したが、与謝野晶子（当時、鳳晶子）はこの機関誌の二号から百号に至るまで歌や文章をつづっている。明治最大の詩歌雑誌として、文学史に燦然と輝くこのメディアは、明治の和歌革新運動の拠点であった。和歌と呼ばれていた詩型が短歌として生まれ変わるには、鉄幹と晶子の不倫にも似た恋が大きな影響を及ぼしていた。後に『みだれ髪』（明治三四）に収録される歌の多くがこの雑誌に発表される。

乳ぶさおさへ神秘《しんぴ》のとばりそとけりぬここなる花の紅《くれなゐ》ぞ濃き
春みじかし何に不滅《ふめつ》の命ぞとちからある乳を手にさぐらせぬ

鉄幹に内縁の妻がいて、子供まである以上、この恋は不倫であった。こののち、鉄幹は滝野と別れて、渋谷に転居し、晶子と同棲をはじめた。そして、『みだれ髪』が出版される。勘当を覚悟で大阪の生家を出奔して、晶子は鉄幹のもとに身をよせた。そうした捨て身の覚悟が次々に名作を生んでいく。

晶子が描いたのは、健康な乳房である。しかし、こうした性的な描写をすることは、ふみ子の時代以上に因習と戦わなければならなかった。ましてや不倫の恋である。それをここに書ききるだけの高い芸術理念があったといえる。

乳房を押さえて神秘の帳を蹴ったというのは、一つのタブーへの挑戦であった。また、二首目では、人生は短いのであるから、不滅の命などというものはないと言って、弾力のある乳房を男に探らせたとうたう。こうした歌は新しい地平を切り拓き、近代短歌の端緒をひらいたのである。しかし、晩年の晶子はこうした『みだれ髪』の歌を封印している。晶子が亡くなったのは昭和一七年であってみれば、ふみ子が東京に遊学していた頃、晶子は東京で晩年に日々を過ごしていた。

中城ふみ子が乳癌によって切除された乳房を描く以前に、乳房の歌を書いたのは、晶子であったが、晶子の短歌とふみ子の短歌を比較すれば、その違いが明らかとなるであろう。ふみ子の描く乳房は、癌の組成する乳房であり、手術によって切除された乳房であった。失った乳房を幻影のなかで浮かび上がらせることによって成り立つものであって、そこにはフィクション性が大きく意味をもつ。

今、乳房の歌を取り上げながら、ここに面白い事実が浮かび上がってくる。晶子の『みだれ髪』が明治の和歌革新運動のシンボリックな歌集であるとすると、ふみ子の『乳房喪失』は戦後短歌に詩的な地平を切り拓いたといえる。

この中城ふみ子の短歌にあこがれて、「短歌研究」の五十首詠に応募して、特選となった寺山修司は、後に、劇作家、演出家として世界的に活躍する。その精神形成の中心部分に短歌があったといわれる。

海を知らぬ少女の前に麦藁帽のわれは両手をひろげていたり　『空には本』

一つかみほどの苜蓿《うまごやし》うつる水青年の胸は縦に拭くべし　『血と麦』

こうした歌には永遠の青春がある。十代の青年が中城ふみ子の歌にインスパイアされ、短歌を書くことを決意したことの意味は、小さな出来事では無かったであろう。

このような事実から分かることは、現代短歌の地平が中城ふみ子によって切り拓かれつつあったということである。まさにふみ子が命をかけて切り拓いた世界であった。

第7章　大森卓と木野村英之介

中城ふみ子は四国の鉄道局の勤務となった夫にしたがって、高松へ転居したが、関係がうまくいかず、子供たちをつれて、帯広の実家へ戻っていた。そうした淋しさのなかで、一人の男と出会っている。大森卓である。

大森に対してふみ子は、尊敬と思慕の念を抱いたという。昭和二四年五月、「新墾帯広支社短歌会」（後の辛夷社）で二人ははじめて会うが、大森は翌月、結核で帯広協会病院に入院し、手術を受ける。大森たちが創刊した「山脈」にふみ子は多くの話題作を書いた。この雑誌は、超結社であったが「新墾」と「原始林」に拠っている人が大半を占めていた。

大森卓写真（帯広市図書館蔵）

大森卓は大正一一年四月に北海道帯広に近い河西《かさい》郡芽室村に生まれ、帯広郵便局の電信課に勤務した。しかし昭和二二年、結核で国立帯広療養所に入所。この結核という病が近代の作家たちの命を奪ったばかりではなく、逆にこうした作家たちを、ふるいたたせて、すぐれた文学を生み出したことも重要である。正岡子規や石川啄木の例を挙げるまでもなく、この病が近代短歌の成熟に大きな力を及ぼしていたことは、よく知られたことである。

梶井基次郎の短編の中には若い女性が結核になり、憐れに思った父親が、川から捕ってきたメダカを何匹も飲ませる描写があるが、こうした迷信もふくめて、結核は文学の素材としても、一つの文化史を築いているといっていい。

大森卓は短歌における豊かな知識を傾けて、ふみ子に接したと思われる。ふみ子にとっては、結核病棟への見舞いという形で逢瀬を重ねていたのである。そうした折に、その手に触れられると、燃え上がるものがあったと、ふみ子は歌に書いている。しかし、大森は独身ではなかった。入院する病院に看護婦として働く妻がいて、そのようなこともふみ子は知っていた。さらに二人の関係を複雑にしたのは、大森の愛人の存在であった。そんな大森が逝去したのは、昭和二六年九月のことである。

とりすがり哭《な》くべき骸《むくろ》もち給ふ妻てふ位置がただに羨《とも》しき

衆視のなかはばかりもなく嗚咽《をえつ》して君の妻が不幸を見せびらかせり

一首目は葬式に夫の遺体に取りすがって泣く妻を描くが、それをただ羨ましいと詠嘆する。また、二首では、その姿を君の妻が不幸を見せびらかしていると詠んでいる。おそらく葬儀の作法をも無視したような歌い方は、これまでになかったであろうし、それゆえ現実に肉薄している。

大森がふみ子に教えたのは歌壇の状況など、様々な情報をふくみこんでいたであろう。そうしたことが、ふみ子の短歌観を大きく成長させていたに違いない。後にふみ子はラジオドラマの制作にも取り組み、その中で「冬の海」という作品を書いている。このなかで大森卓へ寄せた思いを書き記している。

こうしたドラマを読むにつけて、この大森との精神的な絆というのがいかに強かったかということが分かる。ふみ子が歌によってみずからを表現しようと考えるようになったのもこうした背景があってのことである。

秋風に拡げし双手の虚しくて或ひは縛られたき我かも知れず

このような歌の中には深い喪失感があらわとなっている。二六年の一一月に「新墾」に発表された。大森が逝去したのち、一〇月二日、夫の中城博と協議離婚している。しかし、ふみ子は、筆名を本名の野江に戻さず、中城のままで生涯を通している。それほどまでに積み上げてきた作品へ愛着があったのであろう。この歌では、秋風の中で身を解き放っているが、一方でみずからを縛ってくれるものの存在を意識しだすのである。

かがまりて君の靴紐結びやる卑近なかたちよ倖せといふは

月のひかりに捧ぐるごとくわが顔を仰向かすすでに噂は恐れぬ

音たかく夜空に花火うち開きわれは隈なく奪はれてゐる

このような歌い方の中にも非常にきわどいものが秘められている。ダンスで知り合った木野村英之介という若い男との恋が歌われている。当時の常識から言ってもこのような若い男性との恋を表立って歌うことには抵抗があったであろう。もはや戦後ではないといっても、戦後が色濃く残っていた時代であり、帯広という土地柄、非常に狭い世界がそこにあった。

ふみこはこうした恋のなかにも、おそらく満足が得られたとは思わない。二首目は、月の光のもとでキスをした時の様子を描くが、「月の光に捧ぐるごとく」という直喩がよく効いている。
そして自ら「すでに噂は恐れ」ないと言い放つのも、強い女性であることを意味している。なんといってもふみ子が強靱であったのは、どこまでもリアリティを追求しているところである。音高くの歌は、まさに花火を比喩として、みずから男のために体をひらくさまが描かれている。こうしたセクシャリティは並大抵の覚悟では描くことができなかったであろう。そしてその恋が絶頂とも言えるところで、乳癌が発見されるのである。

もゆる限りはひとに与へし乳房なれ癌の組成を何時よりと知らず

ここに『乳房喪失』という歌集の最大のクライマックスがある。若い男を意のままに操り、その有頂天の恋から一気に癌の現実を知るというむごいものと変わる。そして、その恋人がこうした現実を受け入れてくれるかどうかということで悩むのである。そうした心理劇に読者は息をつめながら、この歌集を読んでゆく。時には仮構し、時には現実をありのままに述べることで、この歌集はリアルに、読者の想像力を刺激していく。『乳房喪失』が小説的な視線で読むことができるという理由がここにあったのである。

硝子屑の上に来て青き夕あかりたれか酷薄のことばきかせよ
冬の皺よせゐる海よ今少し生きて己れの無惨を見むか

こうした歌には自虐的な視線という以上に乳癌を患った自身の不幸に対する皮肉ともいえる視線が描かれている。

当時の硝子はよく割れた。そうした硝子屑が集められて、はきだめのようなところに捨てられている。「青き」は心の状態である。ロケーションは夕陽が硝子屑に反射して美しい。しかし、こんな夕暮にだれか酷薄の言葉を言ってくれないかという。酷薄は、「告白」とかけられている。こんな夕暮には告白の言葉が欲しい。しかし、私の恋人は、この現実を受け入れて、変わらぬ愛を告げてくれるだろうかという不安が綴られている。

また、二首目は、ふみ子の代表作である。小樽に住む妹の自宅から札幌医大へ入院する前に、北大病院へと通院する列車の車窓からみた海の風景であるといわれている。そうであれば、石狩湾である。

しかし、そうであっても心象の風景の広がりと捉えることができよう。冬の海が皺を寄せているというのは、死への衰微を暗示する。そして下句では、自分の無惨な生をみたいという自虐的な歌い方はふみ子の特徴であるが、死というどうにもならない現実をみつめているからこそ、表現には無駄がなく、狭い思惑を超えているのである。

第8章　中城ふみ子と現代短歌

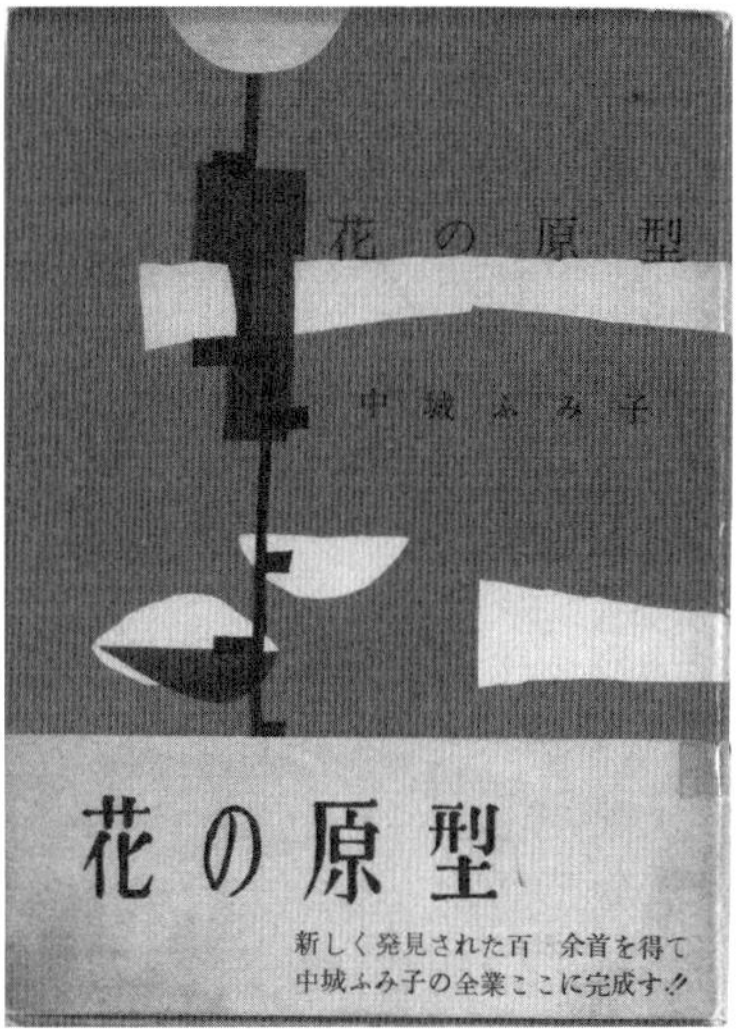

中城ふみ子『花の原型』(昭和30・4)

ふみ子の死後、彼女を世に送り出した中井英夫は、『乳房喪失』に収録されなかった歌を集めて『花の原型』を刊行した。「花の原型」というタイトルは、中井によって、いったんは葬られたものである。この二つの歌集によって、中城ふみ子の名前は永久に短歌史のなかに刻まれることになったのである。

彼女はその死の直前まで表現手段としての短歌を手放さなかった。

この夜額《ぬか》に紋章のごとかがやきて瞬時に消えし口づけのあと

死後のわれは身かろくどこへも現れむたとへばきみの肩にも乗りて

灯を消してしのびやかに隣に来るものを快楽《けらく》の如くに今は狎《な》らしつ

こうした歌の中にはふみ子の最後の病床に寄り添った若月彰のイメージが織り込まれているのかもしれない。あるいはまた彼女のそれ以前の恋人の姿も込められているのかもしれないだろう。しかし、死の間際にあってこのような境地を歌い続けたことは、短歌史のなかでも奇跡としかいいようがない。

電気を消して、ひたひたと迫ってくるものは、死の影に他ならないが、それを快楽のように今は狎《な》らしているのだと言っている。まさに癌病棟の瀕死のふみ子は、短歌を詠むことによって永遠に生命を刻み込もうとしている。

ふみ子の死をも通り越した短歌の技法は、もうすでに技術を越えて中城ふみ子そのものの文体となっているのである。こうした世界を彼女の後に短歌を作るものが真似ようとしても容易に真似ることのできないものであった。

こうした短歌のインパクトを田中絹代が映画として表現し、残しておきたいと考えたのも無理もないことであろう。その映画は今、簡単にYouTubeで見ることができるが、私は東京の映画アーカイブスまで足を運び、スクリーンでみた。何かそこには気迫ともいえるものがあり、この時代を生きた女性がもっていた怨念のようなものが感じられた。

しかし、と私は思うのである。中城の歌は、長い間、戦後の「女歌」という枠組みに押し込められてきた。たしかに、折口信夫が昭和二六年一月に「女流の歌を閉塞したもの」を書いて、〈今の女の人には却てぽうずがなさすぎ、現実的な歌、現実的な歌と追求して、とうとう男の歌に負けてしまうことになつたので、まう少し女の人には、現実力を発散する想像があってもいいでせう〉（「短歌研究」）と述べ、女性の歌の特徴を評価したが、それは男の歌、女の歌という枠組みのなかでのことである。

こうした戦後のきらびやかな感性の冬の時代に、中城の作品が出現したことは大きな意味があった。しかし、中城ふみ子の歌は、女性の歌のなかでのみ評価されるべきものではない。そのことはもう一度確認されてもいいだろう。

ふみ子の死後、三〇年代には前衛短歌運動が興って、短歌の現代化がすすんだと一般には認識されているが、それはふみ子の歌を「女歌」に押し込めてしまい、後の前衛の運動をあまりにも強調する試みの一つに過ぎない。

前衛歌人である岡井隆自身も、中城の歌に大きな感化を受けたと告白しており、ふみ子が死を賭けて生み出した歌は、昭和三〇年代における短歌の復興のさきがけとなっている。「アララギ」などの男性歌人によってつくられてきた近代の短歌が、中城ふみ子の登場によって、色あせ、次第に価値観の転換を迫られていったと考えることができる。

中城ふみ子の全歌集である『美しき独断』の解説のなかで、篠弘は「短歌史上の中城ふみ子――現代短歌の原像」を書き、「中城自身が歌壇の流行に敏感であった例証として、葛原の第三歌集『飛行』（昭29・7）森岡の第一歌集『白蛾』（昭28・8）などが、もっとも熟読されていたのではなかろうか」と述べている。

たしかにふみ子の文体が、どこから紡ぎ出されてきたかということは謎であった。こうした謎に一つの答えを出しているといえる。そして、篠は、その短歌史観において、近代と現代の切れ目を、昭和二九年においている。それは明らかに中城ふみ子の登場をもって、現代短歌の新しい胎動が興ったと捉えたものである。

私は、こうした説に魅力を感じながら、昭和二九年の中城の試みとはなんであったかと考える。ふみ子の作品は、死と向き合うことによって、刹那にきらびやかな詩的感性を放出しているのである。そして、近代短歌のなかに長い間、押し込められてきた女性的なものを、一気に解放させてもいるのだ。

そればかりか、その後に興ってくる前衛短歌運動とみごとに呼応しているのである。むろん、中城もこの前衛にふくみこむという論調が、二〇年代からあったのであるが、私の目からみてもふみ子の歌を「前衛」というには躊躇される。

それは近代短歌と現代短歌の結節点にあって、短歌のもつ詩的な機能を最大限に示して見せたのが、ふみ子の短歌ではなかったかと思うのである。そして、中井英夫が封印してしまった「冬の花火」というタイトルにこそ、それが象徴的に表されているように思えるのだ。

第9章　中城ふみ子の作品解説

アドルムの箱買ひ貯めて日々眠る夫の荒惨に近より難し

初出　一九五四（昭和29）年六月「短歌」。アドルムとは敗戦直後に拡がった粗悪な睡眠剤で、中毒症状により死にいたるケースもあるほど強い薬だった。その薬の箱を夫の博がため込んでいる。薬を常用し、手が付けられないくらい荒んでしまった夫の状態を「近より難し」と伝える。

博は勤め先で不祥事を起こし、中途退職してからは、ふみ子の実家で暮らしていた。彼女の父親の計らいで帯広商工高等学校の教師となるが、半年も続かず土建会社や闇物資を扱う商事会社を起こす。しかし、それもうまくいかなかった。

ふみ子の死後、博はこの歌は虚構だ。アドルムを使ったことはないと、彼女の歌仲間で新聞記者の山名康郎に、結婚当時のことを詳しく記した一冊のノートを渡している。その時、博は「歌によって復讐された」（山名康郎著『中城ふみ子の歌』）と嘆いていたという。

これは文学に共通していえるが、歌も事実にばかりとらわれてはいけない。虚構でも、それにどんな意味があるのか考えると読みが深まり、作者の心に近づくことができる。

追ひつめられし獣の目と夫の目としばし記憶の中に重なる

初出　一九五一（昭和26）年四月三日「北門新報《ほくもん》」。「獣の目」は作者自身の目を喩《たと》えている。離婚の話し合いで、三歳半の三男を夫側へ渡す話も出ていた。かわいい盛りの息子を手放したくない思いや、他にも様々なことで追いつめられている内面を、字余りの初句と字足らずの二句が表す。

また、かつての夫も日々何かに追いつめられていたのかもしれないと、その目を思い出し、そこに同種の鋭い光と影を帯びた己の目を重ねたようにも思える。

これは、「ANIMALS《アニマルズ》」と題された一連にあり、夫と別居中に詠んで投稿している。彼女にはすでに想う男性がおり、抑えられない不純な気持ちや行動は自身の野獣性によるものだと、連作で物語っている。

一首だけでも何事かがあると思わせて読み手を引きこむ巧《うま》さがあるが、この連作には私小説的に一首一首が展開してゆく面白さがある。陰翳《いんえい》を帯びたいくつもの記憶は、作者のなかで解《ほど》かれて再生され、次なる物語としてうたわれてゆく。

出奔せし夫が住むといふ四国目とづれば不思議に美しき島よ

初出 一九五四（昭29）年四月「短歌研究」。離婚後、元夫の博が四国へ出奔《しゅっぽん》したことを知り、一家で暮らしていたこともあるあの美しい島で、いま彼がどのように過ごしているかを思って詠んだと解釈するが、別の見方もできる。それは、一九四八年六月、博に四国鉄道局勤務の辞令がおりた後のことで、以前からぎくしゃくしていた夫婦関係を新天地で修復できるかもしれない。そんな期待があったとして、「目とづれば不思議に美しき島よ」と、当時を回想しているようにもとれる。

しかし、どちらにしても「出奔」とは、逃げて行方《ゆくえ》をくらますことを意味するので、事実とは異なっており、作者が一連の物語性を重視して創作した歌となる。

掲出歌は「短歌研究」の第一回五十首応募作品の特選に選ばれた「乳房喪失」が初出で、そこでは、離婚後のことのように配置されている。しかし歌集『乳房喪失』では、歌の流れからみてまだ別居中である。このように同じ歌でも一連のなかでの置き方や、前後関係から一首のストーリー性が変わってくることもあって面白い。

背かれてなほ夜はさびし夫を隔つ二つの海が交々《こもごも》に鳴る

初出『乳房喪失』。夫に裏切られたと思う夜は、いっそうさびしく感じられる。夫婦のあいだを分かつように、ふたつの海がかわるがわる鳴っているのが聴こえるのだ。

結婚後の夫の赴任先は、札幌、室蘭、函館、そして前のページでも触れているが、北海道から遠く離れた四国の高松である。この歌が詠まれた時、夫は先に高松へ行っていたと考えられる。「二つの海」とは、北海道と本州のあいだに位置する荒々しい津軽の海と、本州と四国のあいだにある穏やかな瀬戸内海を指しているのだろう。

では「背かれて」とは、どういうことか。高松への赴任辞令がおりた六月一四日のすぐ後に、ふみ子の妹の美智子が長男を出産し、その後、少ししてからふみ子は母と美智子に会っている。そこで夫婦関係がうまくいっていないことや、夫に女性がいることなどを涙ながらに話したと、短歌誌「樹樹」にある。

「交々に鳴る」とは、夫を許し難くて時に沸き起こる怒りと、平静さを取り戻した時に夫を恋しく思う気持ちを「二つの海」の印象に寄せて詠んだと解す。

倖せを疑はざりし妻の日よ蒟蒻《こんにやく》ふるふを湯のなかに煮て

初出 一九五四（昭29）年四月「短歌研究」。蒟蒻のあく抜きをしているわずかな時間にできた心の空白に、妻であった日の記憶がふと浮かんできた。蒟蒻が湯の中でふるふると揺れている状態でもって、幸せにふるえていたあの頃の気持ちを描写する。夫は、若くして運輸省札幌地方施設部五稜郭出張所の所長となり、太平洋戦争の戦局が不利に傾くなかでも兵役に就くことはなかった。また夫のおかげで質素であっても家族は食べていくことができ、子供たちも元気に育っていた。傍からみれば恵まれた一家のはずが……。

初出では「倖せを気永く待ちし妻の日よ」だったが、歌集に収める時に二句目を「疑はざりし」に変えている。そのことで歌意も大きく変わり、「気永く待ちし」は幸せではなかったことに、「疑はざりし」だと幸せだったことになり反対の意味を表す。さて、どちらがよいか。やはり「疑はざりし」のほうが、そこに隠された何かがあると読み手を引きつけ、完成度の高い歌になってはいないか。

衿のサイズ十五吋《インチ》の咽喉佛《のどぼとけ》ある夜は近き夫の記憶よ

初出　一九五二（昭27）年七・八月合同「山脈《やまなみ》」。元夫の衿のサイズが十五インチだったと、その咽喉佛を身近に思い返す夜があるとうたう。

この作品は離婚して、一〇ヵ月後に発表されている。作者の婚姻期間は、別居中も含めると約九年半におよぶ。その間に四人の子供をもうけ、育ててきたのだから夫婦として過ごした日々を簡単に忘れられるはずがない。今でも元夫の肉体のある部分が、手に触れられるくらいの近さで思い出される夜もあると、エロチシズムを漂わせる。元夫への未練がましさといったものはない。

「咽喉佛」に焦点をしぼり映像化したところに迫力が生まれ、女の凄みのようなものを感じさせる。最近では、インチの表記はほとんど見かけないが、「十五吋の咽喉佛」は歯切れよいリズム感で、おさまりもよい。

参考までに一インチは、二・五四センチメートルなので、元夫の衿のサイズは約三八センチメートル。細身の体型だったことも想像できる。

野火とほく燃ゆる夕べは懇《ねんご》ろな他人の如く夫をかなしむ

初出『乳房喪失』。野焼きを遠くにみながら元夫の博のことを思い出している。そもそも夫とは他人だが、元夫なので「懇ろな他人」と比喩に厚みをもたせて、彼との距離感を表す。

「かなしむ」が平仮名のため、さまざまに解釈できるが「愛《かな》しむ」としてとらえると、どうだろう。他人となったからこそいまは彼を許すことができる。そしてその顔や姿が、埋み火のなかにある赤さのように、作者の胸にぱっと立ち上がってくることがあるとする。

国鉄のエリート技師だった博は、土建会社との癒着から左遷され、勤めをまっとうできず退職し、ふみ子の実家に身を寄せた。その後、会社を興すが借金をつくり、それをふみ子の父親が返済するなど、彼女の実家に迷惑をかけていた。立つ瀬がない博の心情はわからなくもないが、彼は愛人と暮らしはじめ、ふみ子が待つ家には帰らなくなった。

そうしたことがあっても彼女は誰かを責めるわけではない。過去の負の情感を浄化したところで詠んでいるのが、この一首の美質である。

母を軸に子の駆けめぐる原の昼木の芽は近き林より匂ふ

初出　一九五一（昭26）年六月「新墾《にいはり》」。若草や木の芽の匂いを感じながら作者は昼時、敷き物の上にでも座っているのだろう。その周りを子供が駈けめぐる。「軸」とは物事の要《かなめ》となるもの。母親は、いつだって子供にとって頼れる存在でなければならないのだ。

一見、幸せそうな母と子だが、ふみ子は夫と別居して、幼い子供たちを育てていた。母親として子供たちをどこへどう導けばよいのか、いくら考えても答えなど出ない堂々巡り。そんな頭の中までも、彼女を軸にぐるぐると駈けまわる子供の様子でみせているようだ。

掲出歌は、一九八三年八月三日に第二歌碑として帯広を代表する緑ヶ丘公園に建てられた。毎年彼女の命日には、第一歌碑（十勝護国神社境内）と第二歌碑の前で交互に「ふみ子忌・献歌祭」が営まれている。

午前一〇時五〇分、ふみ子が亡くなった時刻に黙祷が捧げられて始まり、参加者が短冊にしたためた自作の歌を詠む。不世出《ふせいしゅつ》の歌人に魅せられた人々の熱き思いは、いまなお薄れてはいない。

悲しみの結実《みのり》の如き子を抱きてその重たさは限りもあらぬ

初出 一九五一（昭26）年六月「新墾」。夫と別居し、一年が経とうとする頃に詠まれている。作者は実家の呉服店を手伝いながら子供たちと前向きに生きようとしていた。子供は愛の結晶ともいうが、それを「悲しみの結実」と詠む。これからどのように暮らしたらよいのか、不安ばかりがずっしりとのしかかってくる。抱き上げた子の重たさは日々増してゆく。喜ぶべきことなのに、かけがえのないいのちの重みをひとりで受け止めていかなければならないのだ。この時、長男は八歳、長女は五歳、末の子は三歳。

「悲しみの結実」という比喩に作者の苦悩の深さを読み取るが、それが言葉の上だけの感傷に終わっていないのは、「抱きて」「その重たさは限りもあらぬ」に実感が宿っているからである。

初出は「悲しみの結実の如き子を抱けばその重たさは限りもあらず」だったが、三句目と結句をほんの少しだけ変えている。そのことで韻律がととのい、母の愛の底知れなさをより感じさせる歌となったのではあるまいか。

春のめだか雛の足あと山椒の実それらのものの一つかわが子

初出　一九五一（昭26）年六月「新墾」。春の日差しのもと小川をのぞくと、めだかが元気よく泳ぎまわっていて、柔らかい土の上には親鳥を追いかけるひよこの足あとが残っている。そして見上げると、あのぴりっとした刺激が心身を覚醒させる山椒の実も成り始めた。ここに並ぶのは、いずれも小さいが生命力を掻き立てるものたちで、いのちの美しさ、尊さを讃えているのだ。

初句から三句は、まるで絵本に大きく一ページずつ描いていくようなタッチで詠まれ、ものの姿をしっかりとみせている。そして最後の「わが子」にすべてを凝縮させた。一見、即物的な描写法だが、芽吹きの季節とあいまって「わが子」のいのちをいっそう輝かせる。

ふみ子は東京家政学院時代、与謝野晶子の歌集を耽読していたという。晶子には次のような歌がある。「かたちの子春の子血の子ほのほの子いまを自在の翅《はね》なからずや」（『みだれ髪』）。これは子供をうたったのではなく、思いのままに恋をして、飛翔する力を得たという歌だが、前掲の一首と作りが似ている。晶子の影響を受けているようにも思う。

剪毛《せんまう》されし羊らわれの淋しさの深みに一匹づつ降りてくる

初出 一九五一（昭26）年七月「山脈」。毛を刈られた羊が牧場にたくさんいるのを、ぼんやりとみているのだろう。羊らのうすいピンク色の皮膚は痛々しくもある。

戦後から昭和三〇年代にかけて、衣料不足を補うために日本の綿羊産業は拡大した。羊毛が衣類の主要な原料となると、急速に需要が高まり、北海道を中心にその飼育がさかんに行われ、牧場がいくつも作られた。こうした時代背景を考えると、羊の毛刈りは作者の空想ではなく実生活にあった光景であろう。

これは、初出の「うしなひしもの」と題された九首のなかの一首。何をうしなって淋しいというのか。一連には、生きながらにしてわが子と別れたことを嘆《なげ》く歌がある。離婚が決まり、三男を夫の実家に渡したあとに詠まれたものだろう。そのつらさや悲しみがどの歌にも通底している。

作者は剪毛された羊らに、大切なものを無理やりはぎ取られた内面の痛みを重ね、それらが胸の裡《うち》に淡々と降りてくるイメージで、言いようのない淋しさを描写した。

水の中に根なく漂ふ一本の白き茎なるわれよと思ふ

初出　一九五〇（昭25）年六月「新墾」。いまのわたしは、水の中に漂う根すらもたない一本の茎のような存在でしかないという。鋭気《えいき》を失った弱弱しさがうかがえる。

掲出歌が発表される約ひと月前、ふみ子は夫との別居に踏みきっている。かつては国鉄の五稜郭出張所の所長の妻として、誰からも羨ましがられていた彼女だが、実家に戻り、近所の好奇の目にさらされて肩身の狭い思いをしていた。

そうした心もとなさを初句から結句まで、ひと思いにうたう。抒情的ではあるが、みじめな境涯に凭《もた》れすぎることなく、一歩引いたところから自身をみている。

結句の「われよ」は初出では「我よ」だったが、歌集ではこのように平仮名に変えて、か弱さを視覚的にも表現している。そのことで、寄る辺なくこの世を「漂ふ」頼りない作者の姿が「茎」として浮かび上がってくる。

やや控えめな一首ではあるが、ふみ子の人生の苦闘はこのあたりから始まり、歌柄がだんだんと激しいものへ変わってゆく。

口つぐむ人らの前を抜けて来つ禁句の如きわが存在か

初出『乳房喪失』。夫との別居を機にふみ子は、以前から恋心を抱いていた妻のいる大森卓と急接近する。彼を想う歌を結社誌に発表したり、結核を患う彼を見舞ったりもしていて、ふたりの関係は歌の仲間だけでなく、病院や近所にも知れわたっていた。そんなにほどなくして大森と別れ、夫とも離婚すると、彼女には年下の恋人ができた。そんなシングルマザーの恋愛は、身勝手で奔放な行為として周囲に陰口をたたかれた。

立ち話をしている人の前をふみ子が通りかかると、みな一様に黙りこむ。自分の噂をしていたからに違いないと思い、下の句で自虐的に詠むが、ユーモアがある。

そして、三句目の「来つ」の助動詞「つ」が強く響き、そうした人らの視線のなかを堂々と通り抜けて来たことを伝え、己の生き方を鼓舞《こぶ》している。

いまも不倫は厳しく責められるが、心は道徳的なものだけで縛ることはできない。文学ではそうした縛りが作品を小さくしてしまう。ふみ子はどんな状況でも精神の自由は失わなかった。

絵本に示す駱駝の瘤を子が問へば母はかなしむその瘤のこと

初出『乳房喪失』。絵本の駱駝《らくだ》の瘤《こぶ》を子供が指をさしながら、これは何かと、ふみ子に問うてきた。それがなぜ、母にはかなしいのだろうか。

国際こども図書館に所蔵されている駱駝の絵本について調べてみると、昭和四年に菊池寛らが手掛けた『動植物絵本』（小学生全集二五）に「さばくにらくだ」がある。昭和二七年に出版された『せかいのどうぶつ』（小学館）にも駱駝が登場しており、関心が高い生き物だったことがわかる。

この歌は、乳癌がみつかり、乳房を切除した後詠まれている。駱駝の瘤とは脂肪のかたまりで、柔らかいという。乳房も大部分は脂肪からできているため、ともに感触は似ているのかもしれない。

瘤について子供に訊かれた時、失った乳房を痛切に感じたのではないか。甘えたい盛りのわが子に、もう触らせてやることはできないのだと……。歌に繰り返される「瘤」には、そんな彼女の母としてのかなしみが秘められている。

吊されしけものの脂肪が灯に耀《き》らふ店出でてなほわれの危ふく

初出　一九五一（昭26）年六月「山脈」。店に吊るされている肉の脂肪が、灯りで妖しくもまぶしくみえる。自分はまた何か危うい行動をとってしまうのではないか。そんな予感がして、店を出てからも不安がつきまとう。

これは「山脈」の「春のこころ」と題された一連にある。夫と別居中に、人目もはばからず夢中になった恋人とは別れたあとだ。二八歳の女盛りの肉体を脂がのったけものの肉に重ねて「われの危ふく」と、次なる恋のターゲットをみつけたのか。彼女の内なる野獣性がきらっと耀《かがや》く。

新しい恋人をつくれば、また世間の口にのぼり、あの肉の塊のように自分も吊し上げられるかもしれない。そんな恐れもあるのだろうが「灯に耀らふ」には、ふたたび注目を浴びることへの期待感もあり、どこかスリリングにうたわれている。

いまでは店に吊るされた肉の塊を目にする機会はあまりないが、このように歌が後世に残るとは、当時の暮らしぶりも含めて語り継がれることでもある。

灼《や》きつくす口づけさへも目をあけてうけたる我をかなしみ給へ

初出　一九五一（昭26）年六月「山脈」。情熱的な口づけをドラマチックに受け入れることができない自分をかなしんでいる。

映画やテレビドラマのヒロインのように、目を閉じて可愛く見える表情を男に向けるのが、女の典型的なキスの仕方だろう。愛する相手であれば、それが下手な演技でも気分は盛り上がる。

しかし、男の熱いキスを受けても作者は恋のテンションを無理に上げようとはしていない。もし彼女の心に消しさることのできない男の存在があったとしたら。

掲出歌の男について「当時道内各地を食いつめて帯広へ流れて来ていた詩人の石川一遼」だと、「山脈」の創刊にかかわった舟橋精盛《せいもり》が述べている（「鴉族《あぞく》」）。

帯広で喫茶店を営んでいた石川のもとへ、大森卓に失恋したふみ子がその傷口を癒すかのように通っていたのかもしれない。大森と同じく文学に情熱を傾ける石川に惹かれはするものの、彼との恋にもう一歩、踏み込めないでいる様子だ。

熱き掌のとりことなりし日も杳《とほ》く二人の距離に雪が降りゐる

初出　一九五一（昭26）年二月「山脈」。あの熱い掌《て》のとりことなった日がとおくなり、彼との思い出を覆ってしまうかのように雪が降っている。

大森卓は結核を患いながらも、新しく超結社誌「山脈」を創刊しようと心血を注いでいた。そんな姿がふみ子の心をとらえ、妻のいる大森と付き合いはじめたものの思いもよらぬことを知る。

彼には想いを寄せる女性がいた。そのことが山川純子著『海よ聞かせて』に次のようにある。「大森には健康だった頃、結婚したくてもいろいろな事情から叶わなかった、歌をたしなむ女性の存在があった（中略）その女性も『山脈』創刊号に作品を発表、一月二十一日に開かれた創刊記念歌会に参加していた。この席でふみ子は二人の関係を知った」「間もなく、ふみ子は大森との一切の交際を絶った。プライドが決断させたのだろう。」

自分から別れを切りだしたとはいえ、彼を簡単に忘れることなどできない。そんな胸中を冷たく降る雪が暗示している。

いくたびか試されてのちも不変なる愛は意志といふより外なく

初出　一九五一（昭26）年三月「山脈」。彼との関係を続けられないと思ったことが何度かあったが、そのたびに自分は試されているのだと、強い意志で愛を貫き通してきた。夫が高松へ転勤になると、ふみ子も三人の子供と移るが、夫のすさんだ生活態度は新しい土地でも変わることはなく、仕方なく子供たちを連れて帯広の実家へ戻った。その翌月に「新墾」の歌会で大森卓と出会い、彼への愛を育んでいくが、大森は結核を患っていたので、ふたりに肉体関係があったとは思えない。

しかし妻のいる人への恋心を、離婚もしていないふみ子は大胆にも発表したのだから、その理性を欠いた行為は当然非難を浴びた。現代に彼女がいたら、おそらくＳＮＳ（ソーシャル・ネットワーキング・サービス）に投稿し、それはたちまち炎上したことだろう。

この歌の美事なところは、愛とは決して甘い感情ではなく、明確な意志のもとにあると本質を突いている点である。薄味の恋愛を物足りなく感じている人なら、きっと理解できるはずだ。

いくたりの胸に顕《た》ちゐし大森卓息ひきてたれの所有にもあらず

初出 一九五一（昭26）年一一月「山脈」。作者の胸に何度も現れるほど慕っていた大森卓が亡くなった。妻と恋人までいた彼ではあったが、この世を去ったからには、もう誰のものでもないという。

大森には歌集はないが「戦後第四作品集　積日譜」と題した創作ノートがあり、一二一首が書き留められている。そこにふみ子を詠んだ歌が一首だけある。

九年の結婚に別れしと花持ちて美貌の歌人われを見舞ひぬ（中城ふみ子様）

詠まれた日付けは一九五〇年九月。彼女に興味はあったようだが、ふみ子の愛に応えるだけの思いはこの歌からは感じ取れない。しかし、ふみ子は大森を慕《した》って、たびたび病床を見舞っていた。彼らは歌を愛する者同士、また同い年でもあった。

大森の名を歌集にのこしたのは、彼と一緒になれなかった悔しさがまだあったからかもしれない。彼の妻や恋人よりも先にあの人のところへゆけると、心のどこかで感じとっていたのではないか。

とりすがり哭《な》くべき骸《むくろ》もち給ふ妻てふ位置がただに羨《とも》しき

初出　一九五一（昭和26）年十一月「山脈」。柩《ひつぎ》の夫にすがりつき、思う存分泣くことができる妻という立場が、ただうらやましいという。

「妻」とは、大森卓の遠縁にあたる千鶴子のことだ。結核を患っていた大森が入院した帯広協会病院に看護師見習いとして勤め、仕事をしながら彼の看病もしていた。

掲出歌と同じ号に、亡くなった大森の「遺詠」として、五首が掲載されている。「遺影」とは、この世に残された作品のことである。

われの亡き後のちまたを迷ひゆく片羽鳥なる妻を嘆くも

自分の亡きあと、妻は、片方の羽を失った鳥のような哀れな姿で生き惑うのではないかと、それを思い嘆いている。妻への愛情が感じられる。

一方ふみ子は、この時離婚間近で、妻という位置は特別なものに思えたはずだ。大森への恋は終わっていたとはいえ、同誌でこうした妻を詠んだ彼の歌を目にして、やはりショックを受けたであろう。

衆視のなかはばかりもなく嗚咽《をえつ》して君の妻が不幸を見せびらかせり

初出『乳房喪失』。場面は前回と同じ大森卓の葬儀だが、妻への視線がさらに過激化している。むせび泣く妻の姿は弔問客の悲しみを誘うものだが、ふみ子の嫉妬心を掻き立てる。不幸を見せびらかしているようにしか思えないのだ。

「衆視のなかはばかりもなく嗚咽」できるのは、公的に認められた妻であればこそ。ふみ子には妻よりも自分のほうが彼を愛し、また彼に愛されていたという自負心があり、それだけに、この場で誰よりも泣くことがふさわしいのは自分だと思っている。

掲出歌は歌集を作る際に詠まれたと、佐々木啓子著『中城ふみ子　研究基礎資料集』では推測する。その理由は、ふみ子の歌稿の下書きをみると、右の乳癌の手術を受けた一九五三年一一月頃から急速に文字が乱れ出す。この頃「わがまへにはばかりもなく泣き伏してきみの妻が不幸を見せびらかせり」と詠んでおり、その文字がひどく乱れていることから、これを推敲し前掲の歌にしたと考えたからだ。

儀礼のなかでの心理をおかしみのある作風で描くセンスは、並外れた才能である。

帳簿くるわれの姿勢もウインドウに象嵌《ぞうがん》されて春深むらむ

初出　一九五二（昭27）年八月「新墾」。象嵌とは工芸品の装飾技法のひとつで、地の素材となる金属や木材、陶磁器などを彫り、そこへ金や銀、貝をはめ込んで模様を表す技術で、帯留めや櫛《くし》、簪《かんざし》といった和装小物によくみられる。

この歌は、実家の呉服店で仕事をする作者の日常の一コマだ。帳簿をめくる姿が、窓に映り込んでいることを四句目までひと息に詠み下す。結句の「春深むらむ」は直訳すると、春は深まっているのだろうとなる。現在推量の「らむ」を用いたところに、何かが隠されていそうだ。

ふみ子に初めて乳癌がみつかったのは、一九五二年二月。その二ヵ月後に左乳房の切除手術を受け、退院するのが五月上旬である。掲出歌は手術後に、まだ乳房があった頃の姿をそこに詠んでいるように思える。

「深むらむ」は、胸の奥で進行し続けていた得体のしれない癌のことなのかもしれない。窓にうっすら映った身に自身を美しい工芸品のように見立てた点に注目する。

父の匂ひ忘れし子らが窓にかけて青き林檎に立つる歯の音

初出 一九五二（昭27）年八月「新墾」。子供たちが窓の枠に並んで腰をかけ、青い林檎にかじりついている。そこから立ち上がってくる香りと、小さな歯でしゃりしゃり立てる鋭い音などが、読み手の五感を刺激する。

この作品が発表される一〇ヵ月前に、ふみ子は夫の博と離婚している。末の子は博が引き取ったので、「子ら」とは、九歳の長男と六歳の長女だ。林檎の青さに子供たちの幼さや未熟さのイメージがある。

「父の匂ひ忘れし子ら」というが、そんなはずはない。かつて家族五人で暮らしていた時のふみ子の日記には、博が子供たちを可愛がっていた様子が書いてある。むしろ父親に会いたがっていたのではないか。

しかし、あえてこう詠んだのは、子供たちが父親のことをすっかり忘れてくれていたら、淋しい思いをさせている罪悪感から自分が解放されるからだろう。作者の勝手な思いでしかないが、母親の苦しみを述懐《じゅっかい》する。

胸のここにはふれずあなたも帰りゆく自転車の輪はきらきらとして

初出　一九五一（昭26）年六月「山脈」。女の胸に触れないまま、今日も男は帰って行った。自転車の車輪がきらきらと爽やかな印象だが、彼をじれったく思う作者がいる。

帯広畜産大学で土壌学を専攻していた八歳年下の学生、高橋豊とふみ子は知り合った。「帯広市内のダンスホール・坂本会館で二人が踊っているところを見た」など、いくつかの目撃証言がある（小川太郎著『ドキュメント・中城ふみ子』）。

さらに同著には、高橋の手元にふみ子からの手紙が二五通、電報が二通、そのうち短歌が書かれた手紙が七通あるとあり、掲出歌についての彼の手記も記されている。「何時も自転車に乗ってゐた私のことをこんな風に歌ってもあった。察しの悪い私を責めたものであった。五月十五日の手紙である」

若い男の純情さは、夫と別居中の淀んだ心を清々《すがすが》しくしたに違いない。高橋は卒業後、札幌の北海道庁に勤めた。歌を書いて送る「ロマンチックな友情」は彼女の救いになっていたのだろう。

美しく漂ひよりし蝶ひとつわれは視野の中に虐ぐ

初出 一九五一（昭和26）年七月「山脈」。風に流され寄ってくる蝶を美しいといいながらも煩《わずら》わしそうだ。ふみ子と夫は別居から離婚まで一年五ヵ月を要した。その理由のひとつに子供の問題があった。中城家から三人のうちのひとりを渡すようにいわれたが、彼女はそれを受け入れられないでいた。しかし、周囲の説得もあり、末の子を手放す。札幌の中城家へ潔を送り届ける際、小樽に住んでいたふみ子の妹の美智子も同行した。その時のことを美智子は「樹樹」に回想する。自分はつらくて泣いたが、姉は耐えていた。潔を置いて小樽の家に一緒に帰った姉は、一睡もせず翌朝一番の汽車で帯広へ帰っていったと話す。

中城家からの要求を非情な仕打ちとして、それは蝶にとっての風のように、逆らうことのできないもので、自分もまた美しく漂うだけの、か弱い蝶と同じだという。「視野の中に虐ぐ」と、常識にとらわれないものの見方で自身の屈折した内面を、この短いことばで表現してみせたのである。

一本の羽根を帽子に飾りゆくささやかなれど我の復活祭

初出　一九五三（昭28）年九月「新墾」。癌で左の乳房を切除した後、右への転移もわかり手術を受けた。生きる希望を失くしかけていた時に、自分の帽子に一本の羽根を飾ってみた。魂の復活を願う儀式のように。

掲出歌は歌集の「春の草」の一連にあり、生命力があふれる時季にふさわしい内面を描く。「羽根」は生の飛翔と解したい。喪失からの再生をまっすぐにうたいあげた。

この時、高等女学校時代のクラスメイトの弟、木野村英之介との相聞歌が多数発表されている。ふみ子の精神的な復活の背景に、この恋があったとみる。もう一首紹介したい。

プレンソーダの泡のごとき唾液もつひとの傍《かたへ》に昼限りなし

初出　一九五三（昭28）年「山脈」六・七月合同

キスをして、ふたりで座っている。それだけの昼下がりなのだが、作者の満たされた心がみえる。彼女の心は恋によって甦ったのである。どちらの歌も独創的な具体をもち、誰も真似などできないのだ。

シュミーズを盗られてかへる街風呂の夕べひつそりと月いでて居り

初出 一九五一（昭26）年九月「山脈」。シュミーズとは女性の下着のことで、いまでいうスリップ。家に風呂がなかった時代は、みな銭湯へ行っていた。作者は脱衣所でシュミーズを盗られてしまう。その帰り道を、月がひっそりと照らす。

下着を盗まれたにもかかわらず、不思議と悔しさが感じられない。むしろ、女の優越感のようなものを漂わせ、月光の演出効果で歌に艶がある。

ふみ子の実家は一九五〇年の夏に呉服店を開く。母のきくゑが京都や東京に行って買付けをしていた。着物だけでなく服地も扱っており、「ふみ子のダンス用の華やかな服は、店の三階にある仕立部で縫われたもの。お洒落のセンスは田舎町では抜群だった」と、妹が「樹樹」でいう。

そんな彼女が身に付ける高価な下着は同性の目を引き、それを欲しいと思う人もいただろう。その反対に彼女を良く思わない人の嫌がらせだったのかもしれない。どちらにしても女の深層心理に月の光を「ひつそりと」当て、心の闇を浮かびあがらせた。

女丈夫とひそかに恐るる母の足袋わが洗ふ掌のなかに小さし

初出　一九五一（昭26）年一〇月「山脈」。女丈夫《じょじょうふ》とは、気が強くしっかりしている女性のことで、ふみ子は子供の頃から、口には出さないが母を恐れていた。しかし母の足袋《たび》を掌《て》で洗っていて、そのあまりの小ささにはっとする。商売が傾いた時期もこんな小さな足で踏ん張り、家族の暮らしを守ってきたのかと、尊敬の念でとらえ直している。

ふみ子が生まれた時、両親は魚屋を営んでいた。ふたりは働き者で、その後、酒類を主に食料品なども扱う店へと手を拡げていった。しかし、敗戦後の物資不足で経営が立ち行かなくなる。そこで活躍したのが、母のきくゑだった。

彼女は思い切って土地を購入し、呉服店を開業する。客あしらいがうまく、着実に行商人らの信用も得て、店の顔となり店を繁盛させ、一家の窮地を救う。

前掲の一首は、ふみ子が夫と別居中の歌。年老いた母にいまも心配ばかりかけていることへの申し訳なさがある。足袋の「小さし」が対照的に母の偉大さを伝えている。

ひそひそと秋あたらしき悲しみこよ例へばチヤツプリンの悲哀の如く

初出　一九五三（昭28）年一〇月「新墾」。日中は暑いのに、日が陰ると急に肌寒くなる。とりわけこの季節は身に沁みて悲しくなるのだ。そんな心境をチャップリンの映画の世界に重ねる。「ひそひそと」に、いつの間にか秋になっていたという実感がある。

チャップリンといえば、山高帽にちょび髭、そしてステッキを持った姿が特徴的だ。彼が主演・監督した映画は社会風刺の効いた喜劇だが、どの作品も笑いのなかに涙があって、人の世の憐れさが滲み、日本でも大ヒットをとばした。

映画好きのふみ子は、帯広の映画研究会に入っていた。一九五二年には、その研究会が発行する会報誌に二回、好きな俳優のことや映画評を書いている。一回目は、フランスの俳優ジャン・マレーの野性的な魅力を、二回目はヴィヴィアン・リーの高い演技力について触れている。

人生の悲喜こもごもを新味《しんみ》をもって、彼女はいつも描こうとしていた。まるでチャップリンの映画のように。

秋風に拡げし双手の虚しくて或ひは縛られたき我かも知れず

初出 一九五一（昭26）年一一月「新墾」。両手を拡げ、風を思いっきり吸いこんでみたのか。何事かから解放されて心は軽いが、今度は何かが足りなくて虚しくなったのだ。

「秋風」に男女の関係を詠んだものは古人の歌に大変多い。例えば『万葉集』の

君待つと我《あ》が恋ひ居《を》れば我《わ》が屋戸《やど》の簾《すだれ》動かし秋の風吹く　額田王

には、恋しい人の訪れを待ちこがれる心情が品よく表れている。「君」が来たのかと思ったら、わが家のすだれを秋風が揺らした音だったといって、がっかりしながらも優雅である。

さて、秋風がふみ子にもたらした虚無感は、どこから吹いて来たのか。ようやく離婚することができたのに、それにより縛られるものがなくなって、精彩を欠いた日々を送っていたのだろう。やはり誰かに、何かに束縛されていたいと気づく。

こうして詠まれ継がれる「秋風」には、孤独感やさびしさといった日本人特有の共通の世界観がある。それは先人の歌によって育まれたところが大きいということを改めて知る。

もはや子を産むこともなきわが肢は秋かぜの中邪慳《じやけん》に歩ます

初出　一九五一（昭26）年一〇月「山脈」。もう子供は産めないだろうと、秋かぜのなかをさびしさを紛らわせながら、肢を放りだすようにして歩いている。

ふみ子は四人の子供を産み、そのうちのひとりは早逝《そうせい》し、三人の子供と暮らしていた。夫とは一年半近くにもおよぶ別居状態がつづき、この歌が発表された月に、正式に離婚している。

時間の長さのとらえ方は人それぞれだが、作者にとってこの期間は長すぎて退屈だったのだ。まだ二十代後半の作者は、体をもてあましているようにみえる。そんな様子を「邪慳」と表す。

一見、歌に馴染みにくそうな言葉をうまく使いこなし、言葉の立たせ方がよくわかっている。あえてぞんざいな詠み口で、そのやり切れなさをさらりと伝え、孤立感を際立たせた作者の技巧の高さをみる。充実した女の人生とは何かと、問いかけられているような気もするのだ。

陽にすきて流らふ雲は春近し噂の我は「やすやす堕《お》つ」と

初出　一九五二（昭27）年四月「山脈」。雲は日のひかりに透けて軽やかに流れ、春が近いことを感じさせる。そんな流れる雲のように簡単に男に抱かれる女だなどと噂されているのである。

この時期の交際相手は、女学校時代のクラスメイトだった木野村はるみの弟の英之介。はるみは、ふみ子を「新墾」に誘った歌の仲間でもあった。

はるみはふたりの交際を知ると、以前ふみ子と大森卓とのことがグループ内では大事件になったこともあり猛反対し、「山脈」の発行責任者に弟と別れるよう彼女を説得してほしいと頼む。こうした話はたちまち風評に上がり、ふみ子は木野村家の人たちに対して挑戦的な態度をとるようになった、と英之介が貴重な証言を小川太郎著『ドキュメント・中城ふみ子』に寄せている。

この歌稿もはるみや歌仲間が読むことをわかって送っている。悪く言いたい人はどうぞご自由にと、歌でもって軽く受け流す。彼女のほうが一枚上手《うわて》だ。

夜ふけて涙ぐみつつ子に還すもろき手の爪のエナメルはがす

初出 一九五二（昭27）年八月「新墾」。いまは眠っている子供だが、何度か目を覚まして、お母さんがいないといって泣いていたかもしれない。それを思うと涙がこぼれそうになるのだ。

エナメルは爪に塗ったマニキュア。交際中の木野村英之介とダンスホールで踊って家に帰り、真っ赤なマニキュアを落とすと、自信のない母の姿に戻る。

子供が寝静まった頃を見はからい、ふみ子はこっそり家を出ていたようだ。その時のことを木野村は、夜一〇時半頃、ダンスホールから車でふみ子を送ってから、約三キロメートル離れた自宅へ帰っていたという。

彼女は乳癌の手術後で不安感とも闘っていたはずだ。母親としての責任感に疲労すればするほど孤独感がつのり、自己顕示欲も強くなる。あまり体調は良くなかったとしても、何かで気晴らしをしないとやっていけず、踊りに行っていたのだろう。様々な苦しみから逃れようと足掻《あが》く思いが、歌の創作の源泉だったとみる。

幼らに気づかれまじき目の隈よすでに聖母の時代は過ぎて

初出　一九五四（昭29）年四月「短歌研究」。幼ない子供たちに気づかれまいとしたのは、母親の裏にかくれている女としての自分であるのだ。そのことを「聖母の時代は過ぎて」と詠んでいる。

「聖母の時代」とは、慈愛に満ちたまなざしで子供の成長だけをみていた時期をさす。それがいままでは、夜になると幼い子らを置いて男に会いに行くようになった。寝不足で「隈」ができてしまうほどだが、子らはまだ母の行動の変化に気づいていないという。

一首全体にサ行とザ行音が鋭く、そしてざらざらとひびく。特に「すでに」以降は、みずから子供たちを切り離すかのようで韻律がつめたい。

愛欲によって人生が脱線することは時にある。子供がその歯止めとなることもあるが、作者にとってはそうはならず、軌道修正できずにいた。

子供を不憫《ふびん》に思いながらも、女としての居場所を得ようとするあまり、子供との関わり方は変わってゆく。しかし、決して愛情が薄れることはなかった。

背のびして唇づけ返す春の夜のこころはあはれみづみづとして

初出　一九五二（昭27）年八月「新墾」。彼からのキスに背のびをしてこたえている。「春の夜のこころ」の透明感が「みづみづ」という言葉のイメージと呼応している。

上の句はゆったりとしたリズムで、焦らず濃《こま》やかに恋する女のしぐさを詠みあげ、下の句ではひかえめに心情をうたっている。おぼろ月夜のやわらかな光に、ふたりは包まれているようである。さらに結局の「して」という言いさしの形が余韻をうむ。

また、初句にふたりのいい感じの身長差が出ている。男は、のちに婚約する木野村英之介。小柄なふみ子に対して、彼の身長は一七三センチメートルであった。踵《かかと》の高い靴を履き、背のびして唇《くち》づけをする美しい場面を映画のワンシーンのようにみせ、恋愛を謳歌している自身を誇っている。

乳房があった頃のシルエットを思い返して詠んだのかもしれないが、抑え切れない感情を「あはれ」といいながらも、結句に「みづみづとして」をもってきたところに、彼女の枯れない心がある。

音たかく夜空に花火うち開きわれは隈なく奪はれてゐる

初出『乳房喪失』。夜空に打ち上がる花火の音を聞きながら男に抱かれている。この音が愛欲のシーンを盛り上げ、窓から瞬間差しこむ花火の光がベッドのふたりを照らす。

掲出歌は「愛の記憶」の一連にあり、他の歌では相手を「青年」「わが若ものは美しかりき」といい、「かれの若さが厄介になる」などとうたっていることから、この歌の彼も年下の木野村英之介である。

乳癌について理解が進んだ現在でも、切除後の胸をパートナーにみせることに抵抗を感じる人は少なくない。

ふみ子の伝記小説『冬の花火』（渡辺淳一著）には、ベッドで求めてくる恋人に、こう言っている。

『胸がまだ心配なの、だからここにはさわらないで』ふみ子は乳房を抱くように両手を胸に当てる。（中略）ただ一つ、ブラジャーをつけた形で、ふみ子は青年を迎え入れた。』とある。

年々に滅びて且つは鮮しき花の原型はわがうちにあり

初出 一九五二（昭27）年八月「新墾」。花のいのちは滅びることによって再生し、年々鮮やかな花を咲かせ、人を惹きつける。どのような状態になっても花の原型は滅びない、自分もそうだという。

左の乳房を癌で失いはしたものの、女としての原型はちゃんと裡《うち》にある。そう言い切った結句に迫力がある。

このあとそれが肺に転移することになるなど、彼女は予想すらしていなかったはずだ。しかし、滅びへと向かってゆく運命であることは薄々感じていたのかもしれない。その命をどこにどう刻んでおくべきか、これはふみ子の礎《いしずえ》となった歌でもあろう。

「花の原型」は一九五四年六月号の「短歌」に掲載された五一首の表題だった。そして彼女の死後八ヵ月後に出版された第二歌集の題名にもなっている。

生きた証を歌集に遺し、昭和、平成、令和と時代を越えて、中城ふみ子は鮮やかに、あたらしくありつづける。

コスモスの揺れ合ふあひに母の恋見しより少年は粗暴となりき

あろう。

初出　一九五四（昭29）年六月「凍土」。ここに描かれた少年は一一歳頃の長男の孝であろう。

コスモス畑に隠れるようにして、みている子供の低い目線から歌は始まっているが、途中で作者の視点へと転換する。傷ついた孝が、何かにつけて反抗的な態度をとるようになった。それを子とはせず「少年」といって、親子の関係に距離ができたことを表す。

この歌が発表された時、作者は入院していたが、回想詠だとしても、コスモス畑で偶然にも息子がみていたなんて、あまりにも出来すぎていて、虚構とも考えられる。だが、確かにいえるのは、色恋沙汰で子供を傷つけた自分をずっと責めていたことだ。だからあえてこんな場面を立ち上げたのではないか。

もし、この子が不良少年になったとしたら、それは自分が悪い母親だったからなのだと、世間に言い残しておくために。子供の将来までも必死でかばっているように思えてならない。

北方の画家の絵筆はとつとつと重し真紅の馬など描かず

初出　一九五四（昭29）年四月「新墾」。絵画展で「とつとつと」写実的に描かれた馬を観た。それは競走馬のように引き締まった体ではなく、北国の馬らしく豊かに太っているのだろう。

雪深い環境で育った北方の画家の世界観を、ふみ子は絵筆のタッチの重さでさり気なく説明する。馬はみたままのすがたに、上手に描かれていたはずだが、そのもの足りなさが、逆にふみ子の想像力を刺激したようだ。

彼女の良き理解者だった舟橋精盛《せいもり》は、「新墾」でこの歌を目にしたのか、同年四月二〇日付で次の手紙を送っている。「あんまり外出などしないで　養生専一にして下さい。『北方絵画展』などにも出たりしないで　良く治してからにして下さい」と案じている。

死の影がつきまとう彼女が、つかの間の外出で絵画に求めたものは生きる力だ。見たいのは、生命力の象徴のような「真紅の馬」。「描かず」とあることで、かえって彼女が思い描いた燃え立つような色の馬が、読み手の心をとらえはしないか。

さびしくて画廊を出づる画のなかの魚・壺・山羊らみな従へて

初出　一九五四（昭29）年四月「新墾」。さびしくなったから画廊へ行ったのに、絵と向き合っているうちに、もっとさびしくなってしまった。このままここを出ると、さらに落ちこみそうだから、描かれている魚や壺や山羊をみんな従えて、せめてにぎやかに出て行こうとする。

おそらくふみ子にとって、この画廊の絵画も前のページの絵のように、今ひとつ見ごたえを感じなかったのであろう。

札幌での入院生活に慣れてきた頃に詠まれているが、暇を持てあましていた。体調が良ければ、近くの画廊へ行くことは病院から許されていたが、ふみ子が画廊を出て帰る先は、癌の終末病棟。そこは死の入り口でもある。ひとりで出かけたものの、またひとりで戻るにはあまりにも心細い。

この一首には彼女の正直な気持ちが表れており、どのような思いで過ごしていたかを痛みをもって気づかされる。

よろこびの失はれたる海ふかく足閉ぢて章魚《たこ》の類は凍らむ

［初出］一九五四（昭29）年三月「凍土」。

海は荒れているのか、心を明るくするものなど何もない。その底には、自在に動いていたタコが足を閉じるようにして眠っているのだろう。

いまは、ふたりに一人ががかかるとされる癌。手術や抗癌剤、放射線治療など医療技術は、七〇年近く前とは比べものにならないほど進歩したが、副作用や長期治療の医療費に悩まされている人は多いときく。がんと向き合って生きる環境は、まだ十分ではない。

ふみ子の実家は裕福だったので、彼女はその時代の最先端の治療を受けたはずだが、手術は手荒いものだったのではないか。乳癌の手術をし、身心の不調に苦しんでいた時に思いみた哀れな章魚。その章魚は、自由を奪われて哀しみに沈潜する自身の姿であろう。読み手も作者の思念の「海ふかく」へ、一緒に潜っているような感じがしないか。

恐ろしさのあまり絶叫しても不思議ではない状態にあっても、彼女は病気について触れることなく、抒情的描写で暗澹《あんたん》たる心境を詠む。

冬の皺よせゐる海よ今少し生きて己れの無惨を見むか

初出　一九五四（昭29）年三月「凍土」。冬の海には波しぶきがたち、それが縞状《しまじょう》になって皺《しわ》のように醜くみえる。札幌医大へ通院する前のことで、小樽の義弟の実家から北海道大学医学部へ通っていた時に、掲出歌の元となった歌が詠まれている。この海は汽車からみえた石狩湾である。

己《おのれ》の最期を見届けてやろうという強靭な精神で、無惨な自分まで何もかもを詠み切ろうとするのは、この歌人の本能かもしれない。

この歌は、同時期に発行された三つの結社誌にも掲載され、作者の代表歌のひとつだ。のちの一九六〇年八月三日のふみ子の七回忌に、帯広神社の境内に第一歌碑として建立された。しかし冬の厳しい環境下で傷みが目立ち、一九九五年に作り変えられた。そして、すぐ隣りの十勝護国神社の境内に現在も建っている。

二〇一六年の命日に、黒御影石でできたこの碑をみた。彼女の筆跡を模した歌が白く彫られ、そこへ朝日が差し、木々の影も映り込み、その輝きは忘れられない。

冷やかにメスが葬りゆく乳房とほく愛執のこゑが嘲へり

初出 一九五四（昭29）年一月「新墾」。無情にもメスが乳房をはぎ取ってゆく。癌に侵された乳房とはいえ、愛執《あいしゅう》の念を断つことができない。愛執とは、愛するものへの執着をいう。誰かがどこかでそんな自分を嘲っている。いやそれは、自分の声か――。

今ほど麻酔が適切に効いたわけではなく、すべての感覚が完全になくなることはなかったのだろう。痛みとは違うメスの冷やかな感触が、手術をより冷徹なものに思わせる。

ふみ子は何でも気軽に話せた歌の先輩、舟橋精盛《せいもり》に再手術のことを手紙でしらせている。「新津病院で手術しました。今日で十三日目、ガンも出てました。あなたの手術も真近でせう。お互いに痛い目に合ふわね。短い命を大切にしませう」。舟橋も病床にあった。そこには「乳癌再手術」と題した十三首も添えられ、掲出歌も書かれていたと、柳原晶著『中城ふみ子論』に記されている。

自分の病気を歌材とするだけなら、多くの人がやっていることだが、彼女の場合は、病気の進行とともに詩情もまた横溢《おういつ》し、歌の芸術性が高まっていった。

メスのもとひらかれてゆく過去がありわが胎児らは闇に蹴り合ふ

初出　一九五四（昭29）年四月「短歌研究」。癌の手術で切りひらかれてゆく胸。そこから顕《た》ち上がってくるようにまざまざと浮かぶ過去がある。それは授かったが産まなかった子のことや、二ヵ月半で亡くなった次男の徹のことだったかもしれない。腹のなかで蹴り合う子らを、麻酔が覚めてきたのか、朦朧《もうろう》とした意識にみている。

ふみ子の育児日記（帯広市図書館所蔵）には、徹を亡くした時のことが四ページにもわたり綴られている。その一部を記す。「私が悪かつたのだ　前夜十一時頃、少し具合が悪さうだつたのにお医者にすぐ連れて行けばよかつたものを」「母は永遠の罪人としてお前の前に額づきますよ」。字は涙の痕か、所々滲んでいる。

また、乳癌の再手術後、幼なじみに離婚や中絶は乳癌が原因だったかもしれないと、真顔でいったそうだ。病気がそんな精神状態にしたという。実物よりも鋭いメスで己《おのれ》の胸底をひらき、生かせなかった子らへの悔恨《かいこん》の念を闇に映すのだ。

白き海月《くらげ》にまじりて我の乳房浮く岸を探さむ又も眠りて

初出　一九五四（昭29）年一月「潮音」。海を漂う白い海月に混じって、失った乳房も浮かんでいるはずだ。その乳房が流れ着く岸を探そう、また眠りながら。

癌で切除した乳房をシュルレアリスム（超現実主義）的映像に描いた奇抜な構想の歌である。シュルレアリスムとは、一九三〇年代に日本の若い芸術家に圧倒的な影響を与えた新しい芸術運動だ。ふみ子が傾倒していた小説家で歌人の岡本かの子の長男、岡本太郎もこの表現をいち早く用いて活躍していた。

もともと感受性豊かな彼女は、入院先から時折、画廊へ出かけてはみていた様々な絵画のイメージをひろげて、歌に取り入れていったのだろう。この一首には独自性と芸術性がある。

身心の苦痛を一時的に和らげる強い薬や放射線治療の影響などから、不可解な映像が脳裏に浮かぶようになっていたのかもしれないが、死が近づくにつれ、写実とは異なった人間の意識下にある世界を詠むことが増えてゆく。

われに似しひとりの女不倫にて乳削ぎの刑に遭はざりしや古代に

初出　一九五四（昭29）年四月「短歌研究」。わたしに似たひとりの女が不倫をして、そのお仕置きに乳を剥《は》ぎ取られる刑を受けたことが古代にもあったかもしれない、と面白い想像をしているが、それだけではなさそうだ。

これは大森卓への恋心を「不倫」とやや誇張し、癌で乳房を摘出したことを「乳削ぎ」として、実体験を詠んでいるのである。劇の一場面のように「ひとりの女」を登場させ、その女に己をかぶせる手法で、私生活のスキャンダルを自己劇化して告白する。

少女時代のふみ子は物語を書くのが好きで、高等女学校に入学すると、演劇に関心をもち、台本を書き始める。卒業生を送る会では、担任が彼女を主役に抜擢するほど演技力にも優れていたという。その感性は苦難や挫折を経験してさらに磨かれていったとみる。

戦後、女性歌人らは男性から解き放たれた表現の自由を確立しようと「女人短歌会」を設立し、一九四九年に「女人短歌」を創刊した。ふみ子は一九五一年に入会し、彼女の強烈な個性の歌には手激しい批判も多く、当時の歌壇に大きな衝撃をもたらした。

救ひなき裸木と雪の景果てし地点よりわれは歩みゆくべし

初出　一九五四（昭29）年三月「凍土」。死を覚悟した作者の胸中に去来《きょらい》したものは何だったのか。それは、残された時間を精一杯生きること。その思いを結句の「べし」で強調する。
　裸木でもまた葉を繁らせるのだから、雪が融けたら、そこからわたしも再び歩きださなければならない、と前向きな気持ちを詠む。

一九五四年三月に「凍土」が創刊された。これは、ふみ子が参加していた「新墾」の仲間の山名康郎が短歌界を刷新しようと立ち上がり、同じく「新墾」の宮田益子とつくった同人誌だった。しかし、当然「新墾」を創刊した小田観螢《かんけい》や幹部の野原水嶺は良い顔をしなかった。そこで山名と宮田が、ふみ子に「凍土」の発起人を頼んでいる。
　それに対して彼女が「どうぞお仲間に加えてくださいませ。（中略）なんとなくもう少しの命のような気がして」「何かの形を残しておきたい」と応じた手紙があるという（『ドキュメント・中城ふみ子』）。ふみ子が中心的存在としていかに頼りにされていたかがわかる。

失ひしわれの乳房に似し丘あり冬は枯れたる花が飾らむ

初出　一九五四（昭29）年四月「短歌研究」。「丘」は病室からみえるのか、昔どこかでみたものか、それともはじめから存在せず空想なのかわからないが、ここで大切なのは場所ではなく、作者の魂の飛翔を読みとることだろう。

手術で失った乳房のかたちに似たその丘を、枯れた花で飾ろうという。何の花かは詠み手の想像にまかされているが、作者は色や香りまでもはっきりと感じている。だからこそ「枯れたる」とあっても、結句は鮮やかな印象を醸《かも》し出すのだ。

さらに簡潔な言葉運びによって、冬の殺伐《さつばつ》とした丘から手術痕の残る痛々しい胸を想像させる。現実の生活の域を抜け出して詠えないのであれば、それは本物の歌人ではない、というかのような作者の厳しい創作姿勢もうかがえる。

掲出歌は『乳房喪失』の「葬ひ花」の一連にある。ふみ子は自分の生涯を「花」に象徴し、この歌集でもたくさんの「花」を咲かせている。そうして命終《みょうじゅう》をむかえなければならない運命の悲しみを歌に昇華したのである。

悦びの如し冬藻に巻かれつつ牡蠣は刺《とげ》を養ひをらむ

初出 一九五四（昭29）年四月「短歌研究」。北海道に生息する毛牡蠣は、殻の表面が管状の黒い刺で覆われており、ふみ子のとげとげしい感性が読みとれる。

乳房は切除したが、癌は肺へと転移し血痰まで出始めていた。どれほど死におびえていたことか。しかし彼女は発想を切り替える。わたしは、厳しい冬を氷下で過ごす牡蠣と同じなのだ。牡蠣は海底で冬藻に巻かれながら命の刺を尖らせ、うまみや栄養を蓄えてゆく。だから自分にとっても冷たいベッドで過ごしているこの間は、心身を磨く悦びの時間なのだという。

塚本邦雄は「短歌研究」（一九五五年一月）で「僕は誰も褒めなかったこの一首をこよなく愛する」と述べている。

掲出歌は一九五四年七月に出版された『乳房喪失』（作品社）には入っていなかったが、一九七六年二月、『定本中城ふみ子歌集　乳房喪失―附花の原型』（角川書店）が上梓される際に、『乳房喪失』に関わった編集者の中井英夫によって加えられた。

灰色の雪のなかより訴ふるは夜を慰やされぬ灰娘《サンドリアン》のこゑ

初出　一九五四（昭29）年四月「短歌研究」。サンドリアンはフランス語で、童話に出てくる主人公のシンデレラのこと。和名では「灰被《かぶ》り娘」といい、それを縮めて「灰娘」と記し、初句の「灰色」と結句の「灰娘」を呼応させる。

灰色の雪のなかから訴えてくる声の主は、長い夜をだれにも慰やされず眠れないでいる灰娘。そしてそれは自分だといって、心の叫びをその声に響かせる。

確かに夜の雪は白くみえないが、「灰色の雪」には、日々悪化する病気への恐怖が凝縮されているのだろう。日中は気を紛らわせることができても、夜はひたすらひとりで耐えるしかない。それを、素敵な王子様と暮らせるようになるシンデレラに自分を置きかえ、婚約者の木野村英之助と一緒になれることを信じ、苦境を乗り越えようとしている。

映画「シンデレラ」は、米国のウォルト・ディズニーが制作し、一九五〇年に公開された。日本での初公開は一九五二年三月である。ふみ子も子供たちと観に行っていたかもしれない。

訪ひ来しひとのカフスボタンに触れて見つ我の何かが過剰なるとき

初出『乳房喪失』。「訪《と》ひ来しひとの」と七音から始まり、初句から思いがあふれている。札幌医大の癌病棟に入院中の作者を訪ねて来たのは誰だろう。カフスボタンは女性もするが、この意味ありげなうたい方からみて、やはり男性に違いない。

性行為の一場面を描くより、もっと切実に女の核心に迫り来るように感じるのは、「何か」が効いているからだ。曖昧《あいまい》にいうことで一首に溶けこませながらも重要な要素を浮かびあがらせる。

「見つ」で作者がとらえたものは、カフスボタンではなく、両乳房を失ったにもかかわらず、男を求める女の真理だろう。

歌仲間の山名康郎は、この歌のモデルを自分だと話す。ふみ子は男性を惹きつけるなまめかしさを漂わせていて、それに溺れてはならないと強く自制していたと述べている（「短歌」一九八四年一〇月号）。恋愛関係ではなかったが親密な二人を思わせる。それが彼女の巧いところだ。

子が忘れゆきしピストル夜ふかきテーブルの上に母を狙へり

初出　一九五四（昭29）年六月「短歌研究」。見舞いに来た子が、テーブルの上に忘れて帰ったおもちゃのピストル。その銃口は作者を狙っている。

「子」は、離婚後に元夫が引き取った潔だと、山名康郎は述べている。たまたま病室に潔が遊びに来ていたのであろう。兄や姉と離ればなれになった潔は、毎日淋しい思いをして暮らしているに違いない。それは自分が手放してしまったからだと、ふみ子は後ろめたさを感じていた。

病室という閉ざされた空間を劇的な場に創造した作者の技法に目を見張る。そして二句切れのピストルの迫力。おもちゃとはいえ、身が竦《すく》む。

無邪気な子供が置いていった状態のままをうたったからこそ、ピストルが効果を発揮する。死を待つばかりの作者が、いっそ愛するわが子に撃たれて死にたかった、とでもいっているかのようだ。加えて、短歌という詩形と文語が、物語をスリリングに展開させることに成功している。

ゆつくりと膝を折りて倒れたる遊びの如き終末も見え

初出 一九五四（昭29）年六月「短歌研究」。自己劇化を得意とする作者らしい歌である。公演間近の舞台稽古を思わせもする。ここには天にめされる者を上手に演じてみせようとする主人公がいるが、ふみ子には現実に死者となる日が迫っていた。

学生時代から演技派のふみ子は、そこで膝を折り曲げては、納得のいく死にざまをさぐっていたのかもしれない。「ゆつくりと」の語彙に合わせるように、言葉が結句まで焦らずに運ばれている。句と句のあいだにはひと呼吸置くような沈黙があり、切れるたびに、そこから生きたいと叫ぶ作者の魂の声が聴こえはしないか。

「死」の道程《みちのり》を悲劇的に強調するのではなく、おかしみの要素を盛りこみ、読み手であり観客でもあるわれらに、人生なんて所詮《しょせん》お遊びに過ぎないのだと、自分の死を突き放してみているようにも思える。

「生」の最大のテーマともいえる「死」をどううたったらよいのか。本気で死と向きあっているからこそ、こうした詠み方ができるのだ。

社会意識もてと責めて記者きみが呉れゆきし三Ｂの太き鉛筆

初出　一九五四（昭29）年六月「新墾」。社会の出来事にもっと目を向けて歌を作るようにと、「きみ」から注意を受けた。三Ｂの鉛筆とはやわらかい書き心地のもので、この新聞記者は愛用していたのだろう。それをふみ子に呉《く》れたのだが、女性が日記や歌を書くには太いため、あまり選ばない種類の鉛筆ではないか。実際のふみ子の筆跡は細い。

この頃彼女は社会詠にも力を入れたいと、ちょうど思っていたのかもしれない。そこを突かれたからか、なんだか面白くなさそうだ。それが初句から二句目の言葉の詰まり具合や、全体のぎこちない韻律（リズム）からも感じられる。だが、三句目だけはきっちりと音数を合わせている。まるで「きみ」を見据え、余計なお世話よ！　とでもいっているかのようだ。

とはいうものの世間をよく知る記者の的を射た意見を、彼女はかしこく聞き入れている。『乳房喪失』は、恋愛や乳癌をテーマにした印象が強いが、じつはハーフや駐留軍、アイヌや朝鮮の人びとを取り上げた歌も数多く収録されているのである。

ひざまづく今の苦痛よキリストの腰覆ふは僅かな白き粗布のみ

初出 一九五四（昭29）年六月「短歌研究」。人は死を覚悟した時、信仰に救いを求めることが多い。作者も神の前にひざまづき、心を鎮め、浄めようと試みる。しかし、どうやら祈りながらも、視線は粗布へ向けられている。神の子とあがめられているイエスをあわれなひとりの人間としてながめているのだろう。その聖なる体からはエロティシズムがただよっているのだ。

ふみ子がキリストを詠んだ歌は他にもあるが、それらも単純に救世主のようには描かれてはいない。若月彰著『乳房よ　永遠なれ』に、彼女は聖書を読んではいたが、頼れる神様なんていない、キリストだって男でしょ。聖書はもらったけれど、ただ文学的な参考になると思って読んでいるだけ、といっていたとある。

この話が事実だとしても、これを神への冒瀆《ぼうとく》と受け取ってはいけない。彼女はすでに悟っていたにちがいない。自分はいのちのあるかぎり歌を詠み、遺すことでしか救済されないということを。

葉ざくらの記憶かなしむうつ伏せのわれの背中はまだ無瑕なり

初出　一九五四（昭29）年五月十八日「北海道新聞」。葉ざくらは花が散り、若葉が出た時分の桜をいう。葉ざくらになってしまうと、人は満開の頃を思い返し、桜木のすがたを残念に思うが、花は散ってこそ次の華やかな時を迎えるのだ。

ふみ子は、完全な形の乳房を失いはしたものの、女としての存在価値までもがなくなったわけではない。無瑕《むきず》の背中があるのだからと、みずからを奮いたたせている。

この歌が掲載される約一ヵ月前に、闘病中に詠んだ四二首が「短歌研究」の「第一回五十首応募作品」の特選に選ばれ、発表されている。彼女は歌の世界では時の人として注目されていた。

そんな状況を逆手に取ってか、宝石についた「瑕」を表す漢字をわざわざ用いて「背中はまだ無瑕」とするす。

作者がうつ伏せになってこちらへ向けた色白のすべすべの肌が目に浮かぶ。

虹の橋いつか薄れぬいとせめて残照の恋われにあらしめよ

初出　一九四八（昭23）年三月「新墾」。生後半年にも満たない乳児をかかえ、上のふたりの子育てに追われながら夫の世話もする。それが主婦の仕事というかもしれないが、時に空しくなって、昔のように恋がしたいという、その胸の内はよくわかる。

ふみ子が女学校時代から敬愛していた与謝野晶子にも、虹を詠んだ次のような歌がある。

　さゆりさく小草が中に君まてば野末にほひて虹あらはれぬ　『みだれ髪』

『みだれ髪』を全注釈した荻野恭茂は、この「虹」を恋の成就の予兆と捉える（『和歌文学大系26』）。一方、ふみ子の「虹」は、いつか薄れる切ないもの。だから消えてしまう前に恋をさせてほしいよ、と「虹」の映す心境は晶子とは異なっている。だが、おそらくふみ子は晶子のこの歌を、そして若き日の自分の理想を思い出し、掲出歌を詠んだのではないか。

これには二五歳の作者が、子育ての孤独感や夫との気持ちのすれ違いなど生活実態のなかでつかんだ実感がある。現代のお母さんたちも、きっと共感するだろう。

絢爛の花群のさ中に置きてみて見劣りもせぬ生涯が欲しき

初出　一九五〇（昭25）年一一月「新墾」。目がくらむほどのきらびやかな花群の真ん中にいたとしても、見劣りのしないわたしでありたい。そう生きるはずだったのにと嘆いている。

ふみ子は一八歳の時、東京家政学院校友会発行の会誌に「花の記」と題したエッセイを書いている。一部分を抜粋する。「故岡本かの子の様な、人間らしい、女らしい生活で一生を終へたいと願つてゐるのです。／少女の様に常に感動性があつて、潔癖で、純真だつたかの子のことを考へると、心の中まであたゝかくなります。」

岡本かの子とは、小説家、歌人、仏教研究家で、芸術家の岡本太郎の母。歌集『かろきねたみ』『愛のなやみ』など刊行し、耽美的作品を特徴とした。

同学院でふみ子が参加していた「さつき短歌会」の冊子「おち葉抄」に次の歌がある。

絢爛の牡丹のさなかに置きてみて見劣りもせぬ生涯なりし（故岡本かの子に）

絢爛としたかの子の生涯に憧れを抱き、ふみ子も恋多き人生を送っている。

愛憎の入り交じりたるわが膝を枕に何を想へるや夫

初出 一九四八（昭23）年二月「新墾」。夫に愛と憎しみの両極の感情を持ちながらも妻は、その膝に夫の頭を乗せ、いま夫は何を考え、誰を想っているのかという。結句で「や」を用い、一旦《いったん》切ったことで「夫」がクローズアップされた。

この歌は「新墾」に初めて掲載された二首のうちの一首で、もう一首では、

荒らかに一日夫を責めし後身に喰ひ入りてくる淋しさは

と、激しい夫婦喧嘩のあとの淋しさをうたっている。

「新墾」とは小田観螢《かんけい》が創刊し、北海道の歌人らに知られた結社誌だ。「青雲集」の欄に井戸川美和子選として採られている。せっかく入会したのに、ふみ子はすぐに歌を発表してはいない。この二首を出すまでに約一年経っている。

その理由は末の子が生まれ、幼い長男と長女にも手がかかり、歌を作る余裕がなかったこともあろうが、何より彼女の精神をかき乱したのは、夫の借金と女性問題だった。ひとりで耐えていたがそれだけでは解決できるはずもなく、彼女は実家に助けを求める。

くろずみし朱肉に離婚の印を押しむなしき明日の冒頭とする

初出『花の原型』。離婚届に印鑑を押した場面だ。朱肉は自分の印鑑ケースのものか、役所にあったものを使ったのかはわからないが、その赤黒さは夫への愛憎を思わせる。複雑な私生活を覗き見させるような切り取り方や、抑制的な詠み口に引きつけられる。こうして詠うべきものは逃さず詠う。そうでなければ「中城ふみ子」は生まれなかった。彼女の創作活動は、離婚を機に本格化する。男性優位の社会意識のなかで、すぐれた女性歌人を輩出していた「女人短歌」の会員に、離婚とほぼ同時期になっている。その四ヵ月後には帯広放送作家グループに入会。乳癌とわかった後も創作意欲は失せず、彼女の随筆や原作ドラマはラジオで放送され、中城姓のまま活躍の場を広げてゆく。旧姓に戻さなかった理由を、現在の幸も不幸も結婚生活から発端しているので、この姓への愛着を捨て切れないのだと、ふみ子は信頼していた舟橋精盛《せいもり》に話したそうだ（「鴉族」）。明日へ勇気を与えるために文学はある。彼女も自身の物語を歌にすることに、人生のすべてを賭ける。

春泥の靴より徐々に見上げゆきつひにうつとりと君の瞳に合ふ

初出『花の原型』。春の泥濘《ぬかるみ》で汚れた靴から視線がゆっくりと上へ移り、ついに見つめ合うふたり。まるで映画のワンシーンのように心理的印象を高める。「うつとりと」は、やや言い過ぎにも思えるが、語順に躍動感があふれており、春泥《しゅんでい》の道を一途にやって来た「君」の「瞳に合ふ」とした構図に愛が満ちている。この歌の後にひとつおいて、

泥濘をはね上げて来し青年の靴見つつわれの心定めにき

初出 一九五二（昭27）年六月「新墾」

これにもぬかるみと靴が詠まれ、この「青年」と掲出歌の「君」は同一人物だ。さらに「新墾」には「青年」を愛していると、はっきりいった歌まであり、三〇歳を前にした作者の決心が「心定めにき」にある。その決心とは――彼との結婚だ。

しかし同誌での一連の題は「哀しくも」。子供のことも詠まれ、恋愛と母性愛とのあいだで揺れる心境がのぞく。シングルマザーが恋に突き進むには相当な覚悟がいる時代だったが、掲出歌は肩ひじ張らずやわらかな口語で、ロマンチックな香りを漂わせる。

脱出を許れと馬に翼附すわれの美しき独断として

初出『花の原型』。死から逃れられない状況は変えられなくても、精神的脱出ならできる。馬に翼を授《さず》け、それに颯爽《さっそう》とまたがるように作者は、もう一層高いところへ行こうとしている。彼女が目指した高みとは、魂を描く歌の世界である。

一九五四年二月、ふみ子は右肺への癌の転移を知ると、それを死の宣告と察し、実家へ歌集の制作費用を出してほしいとお願いする手紙を書く。父親は即、承諾している。

歌集のタイトルは歌の仲間と話し合い、彼女の歌からとることになり「赤い幻暈」（幻暈はめまいと読む）や「真紅の馬」が挙がった。ふみ子は「美しき独断」を望んだという。また、中井英夫とのやりとりを経て、「花の原型」を彼女は希望したが、中井の意向で『乳房喪失』と決まり、同年七月一日に出版された。

いずれにせよ、ふみ子がこの切迫感のなかで「独断」で計った精神世界への脱出は、彼女を愛し、大切に思う人たちを巻きこみ、助けを得てみごとに成功し、第一歌集が誕生したのである。

遺産なき母が唯一のものとして残しゆく「死」を子らは受取れ

初出 一九五四（昭29）年九月「鴉族《あぞく》」。死期を悟った母が、子供たちに遺してやれるものは、この「死」しかないという。「死」とは、同音の「詩」と解釈することができ、第一歌集の『乳房喪失』を指すとみる。

自分がどういう思いで生きたかを、子供たちにいつかわかってもらいたい。そして立派に成長してほしいと、その願いが結句の突きつける感じに直接的すぎるほど表れている。

歌集のあとがきに、こうある。「将来、母を批判せずには置かぬであらう子供たちの目に偽りのない母の像を結ばせたい希ひが、ここ四年ほどの未熟な作品をまとめさせる要因になつた。」「臆病に守られる平穏よりも火中に入つて傷を負ふ生き方を選んだ母が間違ひであつたとも不幸であつたとも言へないと思ふ。ただどの頁をひらいても母の悲鳴のやうなものが聴えるならば、子供たちは自づと母の生を避けて他の明るい土の上で生きる事であらうか。」

『乳房喪失』が、子供たちにとって良くも悪くも大きな遺産となったのは確かである。

鷹の鋭《と》き爪感じつつ立ちをれば一つかみなるわが肩は冷ゆ

初出 一九五四（昭29）年一〇月「新墾」。鷹の鋭い爪が身に食いこむ感じがしている。「一つかみなる」の的確な把握に、作者の心神耗弱状態がうかがえる。病魔の恐怖心を鷹に捕らわれたようなものとして、無駄のない踏み込んだ表現に実感がこもる。

入院中の消灯後の闇に、悪夢から覚めたところか。いや、これこそが死へ向かっている者の寝ても覚めても消えることのない肉体感覚なのだろう。

闇の沈黙にひろがる無限な空間で研ぎ澄まされる五感。それが「鷹の鋭き爪」という猛々《たけだけ》しい比喩や、「わが肩は冷ゆ」というまるで死者の肩の冷たさをも思わせる言葉を、極限状態のふみ子につかませた。

いくつもの結社誌に関わり、短期間でその名を知られた彼女が、二四歳の時に初めて入会したのが「新墾」だった。そこで大森卓と出会い、短歌を心の支えにして生きた。掲出歌は同誌の「夜の掌」と題された遺稿の七首のなかの最後にあり、掲載されたのは作者の死後であった。

死後のわれは身かろくどこへも現れむたとへばきみの肩にも乗りて

初出 一九五四（昭29）年九月「鴉族」。死んだあとは軽やかに、どこへでも行けるようになるだろう。たとえばきみの肩にだって乗れるのよ、とすでに心は無尽蔵《むじんぞう》の自由にあそぶ。

だが、いったい誰の「肩」に乗ろうというのか。時事新報社の学芸部記者だった若月彰は『乳房喪失』を読んで魅了され、すぐに東京から彼女の入院先へ会いに行く。そして、彼女が亡くなる九日前までともに過ごし、その時の事を『乳房よ　永遠なれ』に詳しく書いた。

そこには一九五四年七月二二日の夜として、「彼女が、すうつと、私の蒲団の中へ足を横に入れて来た。身を滑らせて入つて来た」「翌二十三日の朝から彼女は、作歌手帳にメモしてあつた自作をノートへ書き写しはじめた」、その中にこの歌もあったと述べる。

要するに「きみ」は自分である、というのだが、どうだろう。彼女が乗りたいと思っていたのは、もっと愛した人の「肩」だったかもしれない。例えば大森卓とか――。

診察衣ぬぎたる君が薔薇の木のパイプを愛《いと》しむ夜も知りたり

初出『花の原型』。回診を終えて診察衣を脱ぎ、薔薇の木でできたパイプを吸いながら、ひと息つく医師の「君」を、入院中の作者は愛おしそうに詠む。病苦をつかの間でも忘れさせてくれる愛の対象を、彼女が求めたことは想像に難くない。

歌仲間の大塚陽子と、同病院に結核で入院していた中山静代が、ふみ子と医師のデートに付き合わされたと、小川太郎著『ドキュメント・中城ふみ子』にある。大塚はふみ子とタクシーでホテルへ行くと、彼女の主治医が待っていて、ホテルのレストランで三人で豪華な食事をした。大塚はご馳走になり、ふたりを残して帰ったという。中山は、北一条通りの喫茶店でふみ子とお茶をしていたら医師が来て、自分だけ帰されたそうだ。

医師の行為は、患者の望みを極力叶え、生きる望みを失わせないためのいまでいう緩和ケアの一環だったと考えるが、ふみ子には男性にまだもてることをアピールするために「デート」を彼女らに目撃させる必要があった。そうやって生を蘇らせ、闘病中に数かずの秀歌を生んでいる。

無き筈の乳房いたむとかなしめる夜々もあやめはふくらみやまず

初出 一九五四（昭29）年九月「短歌研究」。乳房はない筈《はず》なのに、あった時と変わらぬ痛みを覚える。誰かを愛する切なさに胸が「いたむ」。作者の熱情は、夜のあやめのふくらみとともに、審美的にかつての豊麗《ほうれい》な乳房を映し出す。夜々《よよ》とあやめの色あいも魅惑的な女のイメージを拡張する。

若月彰が、この歌について「何故甘いのか、考えてみました」と、手紙に指摘している。彼の帰京前に、ふみ子が何か物足りない感じがするなどといって前掲の歌をみせたのだろう。柳原晶著『中城ふみ子論』によると、彼は「『かなしめる』に甘い原因があるのじゃないか」「観念的にしないで何んとか具体的な現実描写ができないものか」と、「無き筈の乳房痛みて　眼覚めたる――」と、他にも提案している。

若月の意見を参考にしたかはわからないが、結社誌「鴉族」の遺稿では、「無き筈の乳房いたむと覚めし夜ふるさとに亜麻の花咲き揃ふらし」となっている。掲出歌のほうが詩的に思うが、最後まで言葉と闘ったこの歌人らしい。

ダリアあまり紅かりければ帰京せし人を悲しみゐし瞳をひらく

初出　一九五四（昭29）年九月「凍土」。病室に飾られていたダリアか。その目がくらむほどの紅さを知っていながらも、いまさらのようにそれに瞳を見開く。凝視することで涙をこらえているのだ。ひとり残された作者の切々たる思いがうたわれている。

「帰京せし人」とは、前の「死後のわれは」の歌でも触れた時事新報社の記者で二三歳だった若月彰だ。『乳房喪失』に感銘を受け、ふみ子が余命数日と知って「この薄命な女流歌人にインタービューする任務を帯びて、雨の東京を発った」。当初、五日間の滞在予定が「彼女を激励することに尽くそう」と、会社をクビになる覚悟で二〇日間彼女のもとに滞在したことが若月の『乳房よ　永遠なれ』に記されている。

身動きがほとんどできなくなっていたふみ子のこの歌の力量に圧倒される。彼女にしか作りだせない世界が構築された一首である。

ダリアの残酷なまでの鮮やかさが、彼女の残りわずかないのちと対照的で、読み手の脳裏にいつまでも鮮烈な残像を焼きつける。

この夜額《ぬか》に紋章のごとかがやきて瞬時に消えし口づけのあと

初出 一九五四（昭29）年九月「短歌研究」。一瞬にして消えてしまったが、男から受けたキスの跡がわたしの額には紋章のように輝いていたと、じつに誇らしげだ。

進行する癌は、ふみ子の肺を五分の四までおかし、その上、肺炎を併発していた。まともに息もできず、毎晩眠れなくて苦しむ。病床にある「彼女の額へながい接吻をし」て、眠らせたのは若月彰だったという（若月著『乳房よ　永遠なれ』）。まだ三一歳の作者には、最期まで女として思われたいという願いが当然ある。輝きは消えても、額には彼の唇の感触は残っている。それが悦びの声調を生み、余韻が美しい。

直情的に生きたふみ子を周囲の人たちは必死で支えようとしていた。それは病ゆえに許されたことであったのかもしれないが、ふみ子には周囲を巻きこんでゆく力があった。人を突き動かすような彼女の歌の熱はどこから来るのか。それはリアリズムに安住しない、伸びやかな感情の開放にあろう。惰性ではなく本当に生きていると思える瞬間を切り取っているのだ。

灯を消してしのびやかに隣に来るものを快楽《けらく》の如くに今は狎《な》らしつ

初出　一九五四（昭29）年九月「凍土」。結句の「狎らしつ」とは、もう当然そばにいるものとして、それを受け入れたことを意味する。

病室の灯りを消すと、自分のベッドへそっと入って来て、快楽をもたらすものがいる。その正体とは――死神だ。死神を愛してやれば、ここから連れ出してくれるだろう。もうすぐ生まれ変われるのだと、夜明けを待っているのかもしれない。

忍び寄る死の気配に恐れ、縮みあがったこともあったが、ここにおいては死神さえも男のように手なずけ、至上の悦びを全身に感じている。肉体を超え、生をも超越したエロスがある。

この歌は、深い闇の世界での具像をもたないものとの交わりだが、読み手の心を揺り動かすだけの説得力をもつ。それは死に瀕している自身を冷静に観察し、嘆くことはせず、まだ人間の真実を掘り下げることをあきらめていないからである。

いかに生きるか、情動の源に迫った中城ふみ子の精神世界への興味が尽きることはない。

あとがき

本書は中城ふみ子生誕百年に向けて出版される。中城ふみ子は、昭和二九年に彗星のごとく現れた歌人であって、その人気は未だに衰えることはない。

乳癌が転移して、三一歳という若さでこの世を去ったが、その魂の記録は『乳房喪失』『花の原型』という二冊の歌集に凝縮されている。

ふみ子の偉業を記念して、没後五〇年には中城ふみ子賞が創設されている。その賞を田村ふみ乃さんが受賞された頃から、二人で中城の本をまとめようと考え始めた。その頃、立ち上がったばかりの、表文研（表現文化研究会）のホームページに、田村さんは、かなりのハイペースで、ふみ子の一首評を連載された。それに促されるように、私も中城研究を深めていった。

これは私の持論でもあるが、近代以降の短歌はその変革期に女性歌人が、まず活躍している。その女性歌人とは、明治和歌革新運動期の与謝野晶子。それから戦後短歌の変革期の中城ふみ子である。そして、八〇年代の口語短歌の俵万智をくわえてもいいだろう。私は今年、与謝野晶子についての著書（『与謝野晶子をつくった男　―明治和歌革新運動史』、本阿弥書店）を出版したばかりであり、次は中城ふみ子だと漠然と考えていた。

中城ふみ子は、戦後という女性短歌の冬の時代に、絢爛たる花火を打ち上げた。それは近代短歌から現代短歌へと変わる関節の時期にもあたっている。昭和三〇年代には前衛短歌運動が、歌壇を華やかにしていたが、二〇年代の終わりに、ふみ子はその短い生を燃焼させて、短歌に詩的世界を描き上げた。その短歌には、冷徹なリアリズムと象徴的な手法とが入り混じり、独自の世界を展開している。そんなことをこの本で論証している。

われわれの研究がこのような形で出版されるのは、先人たちの研究の賜物でもある。参考文献目録でも紹介している通り、中城研究はますます厚みをもってきている。なかでも佐々木啓子さんの『中城ふみ子　研究基礎資料集』（旭図書刊行センター）を中心とする資料研究の成果に出あった時に、目を瞠る思いであった。その後、佐々木さんとのご縁によって、中城ふみ子関係の資料の提供を受けたことは、幸運この上もないことであった。

しかし、これらの資料を更に深く探求していくには、多くの時間が必要である。今後も研究を深めていきたいと思う。

写真資料についてもここに記しておかねばならない。関連の写真は、永山スミ氏、塚本青史氏、帯広市図書館などの協力もあって、本書に収載することができた。なかでも、「乳房よ永遠なれ」の映画のポスターは、中川研一氏のコレクションから提供を受けたものので、こうしたポスターが残されているのは珍しいことである。

それから、本文中の作品表記であるが、中井英夫編集の『定本中城ふみ子歌集　乳房喪失―附花の原型―』（角川書店）を参照しながら、随時、初版本歌集や初出などを確認した。その折に、旧字を新字に改めている。若い人たちに、ふみ子の短歌の魅力を伝えたいためである。

また、本書の出版に際しては、クロスカルチャー出版の川角功成氏にお世話になった。クロスカルチャー出版からは、『詩人　西脇順三郎　その生涯と作品』を上梓しており、この本が、二冊目となる。

なお、本書は田村ふみ乃さんとの共著であり、それぞれの担当箇所は、前半の歌人の生涯と短歌史的な位置づけを加藤が、後半の作品解説と略年譜を田村さんが担当している。しかし、そのすべてにおいて両者が責任を負うことは言うまでもない。

いずれにせよ、中城ふみ子の生誕百年を前に、本書を出版することができたことは大変な喜びである。

令和二年八月三日

加藤孝男

中城ふみ子　略年譜

一九二二（大正一一）年　〇歳
一一月二五日、北海道河西郡帯広町字西一条五丁目四番地に野江豊作、きくゑの長女として出生。本名富美子。
両親は魚屋を営み、大正一二年、大通り南六丁目四番地へ移る。

一九二八（昭和三）年　五歳
双葉幼稚園入園、中途退園。時期、理由は不明。親の職業欄には海産物商とある。

一九二九（昭和四）年　六歳
四月、帯広町帯広尋常小学校入学。童話や少女小説を読みふける。
五月一一日、妹（次女）美智子が生まれる。

一九三〇（昭和五）年　七歳
四月、帯広町字東一条南六丁目一番地に移り、酒を主に雑貨、米等も扱うようになる。

一九三二（昭和七）年　九歳
七月二一日、妹（三女）敦子が生まれる。

一九三五（昭和一〇）年一二歳
四月、北海道庁立帯広高等女学校（現、北海道帯広三条高等学校）入学。
痩せていたので〈キューリー嬢〉とあだ名がつけられた。

一九三六（昭和一一）年一三歳
同校の同窓会誌「ときは木」に、詩「青いすいつちよ」を発表。

一九三七（昭和一二）年一四歳
一月七日、弟（長男）豊が生まれる。

一九三八（昭和一三）年一五歳
三月四日、劇「山小屋の夢」でヒロインを演じる。

三月二二日、帯広高等女学校の校友会誌『ときは木』に野江富美子の名で三首掲載。

一九三九（昭和一四）年一六歳

三月、北海道庁立帯広高等女学校卒業。
四月、東京家政学院入学。同千歳寮に入寮。国文学者池田亀鑑の授業を受け、短歌の指導も受ける。同学院の池田亀鑑が命名した「さつき短歌会」がはじまる。卒業後も池田亀鑑と何度か文通をし、指導を受ける。
慶応大学の学生、樋口徹也を知る。

一九四〇（昭和一五）年一七歳

八月二五日発行の第二輯「ひぐらし抄」に、二首掲載されている。「ひぐらし抄」は「さつき短歌会」詠草第二輯。

一九四一（昭和一六）年一八歳

三月、東京家政学院卒業。迎えに来た母の勧めで帰郷の途中、旭川で歯科医と見合い。交際をするが、ふみ子から破談にした。しばらく実家で店と台所を手伝う。
二五日発行の同学院会誌に随想「花の記」掲載。
五月六日、家政学院時代の親友、弥吉文恵宛手紙。「亀鑑先生の様に清潔な大人のひとなんて見たくとも見あたりません。あんまり亀鑑先生のことを言ふと又あなたは先生の価値を過大視してゐると笑はれさうですけれどその理想がなかつたら私も俗つぽい大人のお仲間入をしてしまいさうなの」（『中城ふみ子論』一四四頁）
一二月二五日発行の第三輯「おち葉抄」（「さつき短歌会」詠草第三輯）に六首掲載。

一九四二（昭和一七）年一九歳

四月、四歳年上の中城博と札幌にて結婚。博は北海道帝国大学工学部出身、鉄道省札幌工事事務所に勤務する技師。

一九四三（昭和一八）年二〇歳

一月、鉄道省札幌地方施設部室蘭出張所へ転勤。（『中城ふみ子　そのいのちの歌』五六頁）

五月八日、長男孝が生まれる。

ふみ子の孝についての日記に「赤い顔して人間離れのした小さな　生きものであつた」と続き、六日後の空襲の際は、どんなことをしてでも「この子を守らうと心の底から奮ひ立つものがあつた」とある。（帯広図書館郷土資料ウエブサイト）

一一月、博のつとめる鉄道省は、運輸省に機構変更した。

一九四四（昭和一九）年二一歳

二月八日付で、夫の札幌地方施設部五稜郭出張所所長への辞令を受け、函館の亀田郡亀田村字港へ転居。（『中城ふみ子　そのいのちの歌』六〇頁）

八月二五日、帯広の実家へ戻り、次男徹を生むが、首の腫れ物が原因で、一一月八日早朝死亡。

二七日、博の母死去。

この間の事情が、孝の日記（日付不明）に次のように記されている。「徹は八月二十五日生れ、一貫二十匁。髪の毛が濃い子。帯広で生る。母は二十七日死す。悲しみとよろこびと二つ。母に見せたかつた。私が命名す。函館にかへつてから　おできが澤山出来る。」「徹死す。十一月八日朝五時。眼が覚めたら、何となく気にかゝり抱いてみても動かない　額がつめたい　眼が開いてゐる（略）私が悪かつたのだ」（帯広市図書館郷土資料ウエブサイト）

一九四六（昭和二一）年二三歳

三月一一日、長女雪子生まれる。

五月六日、道新函館（北海道新聞函館版）に「物々交換」四首掲載。「夫に」五首掲載。

二七日、道新函館版に一首（無題）掲載。

一二月末頃、夫が土建業者との癒着から所長の職を免じられ、札幌鉄道局施設部に戻る。これに伴い札幌へ転居。この頃から夫婦間に亀裂が生じたといわれる。（『花の原型』略年譜）

一九四七（昭和二二）年二四歳

二月七日、雪子の日記。「雪子はとてもしんがきかなくて孝を負かしてしまひさうである　自分の思ふやうにならないと顔を眞赤にしてうなり怒つてゐる」「孝はこの頃ずい分歌を覚えた／アメアメふれふれ　や／アメふりお月さん　や／森のこやぎ　や／母さんお肩　や／もしもしかめよなど」（帯広市図書館郷土資料ウエブサイト）
三月三日、雪子の日記。「主人が借金して苦しんでゐるので節句だけれど雛人形も買つてやれない」（同右）
四月、「新墾」に入社。（『花の原型』略年譜）翌年二月号から作品を発表する。
二五日、『ポプラ詞華集』創刊号に三首（無題）掲載。この頃、夫から短歌の発表は禁止されていた。『ポプラ詞華集』を発刊した川口清一と文通。川口宛の手紙九通あり。（『ドキュメント・中城ふみ子』八二頁）
八月四日、雪子の日記「父は帯広へ、主人はサツカリンを売るとてルモイに行きまだ帰らない。官吏がヤミ屋になるなんて思へばまことに浅ましい。一昨日行つたきりなのでどうしたことかと心配してゐる」（帯広市図書館郷土資料ウエブサイト）
九月三〇日、三男潔が生まれる。

一九四八（昭和二三）年二五歳

六月一四日付で、博は運輸技官として施設部工事課勤務の命を受け、四国鉄道局勤務となる。「宇高連絡船の高松の船着場の建設が仕事だった」（『ドキュメント・中城ふみ子』九二頁）。ふみ子も二人の子供と高松へ転居するが、この時期についてはよくわかっていない。

一九四九（昭和二四）年二六歳

四月七日、雪子の日記。「四国高松に転任して来てゐる　はるばるとよく来たものだ。もう半年にもなる。（略）二間きりのせまい官舎だが水入らずでたのしいと思ふ　それなのに主人はもう官吏生活いやになつたから止めるなどいふので　私共は又北海道へでも帰らなきやない（原文のママ）のかしら（略）雪子も大分手が離れたし孝も手伝ひするやうになつた。潔は可愛いい盛り」（帯広市図書館郷土資料ウエブサイト）とある。

このの ちふみ子は、高松から子供たちを連れて帯広の実家へ帰る。

五月、「新墾帯広支社短歌会（のちの「辛夷社」）」に出席。大森卓を知る。

六月、大森卓が帯広協会病院に入院。左肺に卓球ボール大の「レジンプロンベ」七個を埋める。

八月、博は国鉄を辞め、二人の子供と帯広のふみ子の実家に身を寄せる。

一〇月、博は、ふみ子の父の紹介で、帯広商工高等学校の教師になる。担当教科は土木工学。ふみ子は米や酒、石炭や雑貨などを扱う実家の仕事を手伝う。

一二月一〇日　北門新報に、こぶし詠草一首（中城文子）掲載。

一九五〇（昭和二五）年二七歳

一月七日、雪子の日記。「去年の四月から帯広に来てゐる／去年の春は潔が百日せきから麻疹になり死にかけた／つづいて上の二人もはしかになりこれは軽くてすんだ」「私は五日に抓把した。これ以上子沢山ぢややつていけないし、主人も商工学校で七千円しか取つてゐないので、何とかして少しお金を貯めなくてはどうしようもない」等。（帯広市図書館郷土資料ウエブサイト）

三月、博が帯広商工高等学校を退職。

一三日、雪子の日記。「主人は東光興建といふ土建屋になつた／今釧路に行つてゐる　百万円の工事をとつたので鼻高々である」等。（同右）

こののち、土建会社は失敗し、商事会社を経営するが、これもうまくいかなかった。

五月一〇日、夫の女性問題が収まらず、離婚を前提に別居。

八月、両親は広小路に転居し、呉服店を始める。ふみ子は旧住居に子供たちと住み、そこから従業員として店に通う。

二五日、北門新報に「全十勝短歌大会詠草（上）」一首掲載。

一一月、「市民短歌会詠草」（無題）三首。参加者二一名。

五日、「銀の壺短歌会秋季大会詠草互選」（ガリ版、B４用紙一枚）

二三日、北門新報の「銀の壺短歌会秋季大会詠草」一首掲載（中城文子）。

一二月三日、北門新報「市民短歌会詠草」一首掲載（中城文子）。

一五日、北門新報「北門歌壇」（無題）四首掲載（中城文子）。

二四日、雪子の日記。「今年ほど楽しく開放されたクリスマスはない。（略）主人と別れてしまつたことは私にとつてプラスである」「クリスマスツリーも今年始めて飾つてみた」とある。（同右）

三一日、北門新報に「市民短歌会詠草」掲載。

この年に、帯広畜産大学の学生、高橋豊を知ったといわれる。

一九五一（昭和二六）年二八歳

一月、「新墾」の特別社友（準同人）になる。

同月、大森卓や舟橋精盛らの提唱により、超結社誌「山脈」が創刊される。ふみ子は創刊と同時に同人となり、大森への相聞歌を同誌に発表。

四月一〇日付弥吉文恵宛手紙に「離婚しました。持ち物にタンスも着物もふとんも丸ごと売りつくし、今は実家の厄介ものです（略）父母がちゃんとしてなければ、私たちは乞食にでもなったでせう」（「樹樹」「中城ふみ子逍遥⑮」二九七頁）。他に「私とても、好きな人がゐるのです。同じ歌人の先輩で。肺病で寝たきりの人。奥さんもゐるの。でも私一生その人だけ愛して行くでせう（略）愛するに価する才能と容姿と人格をもってゐます」（『ドキュメント・中城ふみ子』九九頁）

二一日、「山脈」創刊記念歌会が帯広市協会病院講堂で開催。その発刊記念歌会に出席。（『定本中城ふみ子歌集』年譜）。この創刊記念歌会に、詩人石川一遼が出席していたようだ。（『海よ聞かせて』一二〇頁）

二六日、「山脈」創刊記念歌会詠草（ガリ版、B４用紙一枚裏表）。

七月四日、大森卓の容態が急変し、帯広療養所に大森を見舞う。（『ドキュメント・中城ふみ子』一一〇頁）

二〇日、帯広市民短歌会に出席。

八月一九日、「山脈」夏季短歌大会に出席。

九月二七日、大森卓逝去。

十月二日、夫と正式に協議離婚。三男潔を中城家へ渡し、長男孝、長女雪は野江家で育てる。

同月、宮田益子の推薦で、「女人短歌」の会員になった。

一〇月一四日、「新墾」復刊五周年記念歌会（於小樽市住吉神社）に出席。

二四日、自活を目的に実家に子らを預け、単身上京、職を探す。東京家政学院時代の学友、浅川（旧姓高見澤）雅子をたずね、彼女の家に約一週間滞在。その後、世田谷区富ヶ谷に八畳一間のアパートを借り、和文タイプの学校へ通う。（『ドキュメント・中城ふみ子』一三五、一三六頁）京都に仕入れに行った帰りに東京に寄った母と一一月二〇日に帯広へ戻る。東京での日々は、主として『乳房喪失』の「花粉點々」にうたわれている。

この頃に左乳房の異常を感じる。

一一月、「山脈」に、「歌の座」五首と、大森卓を詠んだ「悼歌」九首を発表。「悼歌」の一連は『乳房喪失』の「或る終章」の中核をなす。

一二月、クリスマスの頃、『乳房喪失』の「愛の記憶」の対象となったダンス助教師、木野村英之介を知る。高等女学校時代の友人木野村はるみの弟で、ふみ子より七歳年下。

一九五二（昭和二七）年二九歳

一月一三日、「山脈」創刊一周年記念歌会に出席。

二月、帯広放送作家グループに入会。

中旬、帯広市の新津病院で受診の結果「左乳房単純性癌」と診断される。

三月、「山脈」二巻三号に「中城文子」として、歌評「作品評」掲載。

三〇日発行の『映画研究会』七号（帯広シネマ研究所発行）の会員名簿に「中城文子」の名前あり。映画評論「古代の憂愁　ジヤン・マレー」を「中城ふみ子」の名で書いている。

四月五日、新津病院へ入院。

六日、左乳房の切除手術。

同月、「新墾」二二巻四号に小田観螢の歌についての「歌評」が載る。

五月上旬、退院。退院後、NHKラジオ帯広放送局の番組「お休みの前に」で四回にわたり随筆を発表。

六月、「山脈」に「前月作品評」が掲載。

七月二七日付弥吉文恵宛手紙、便箋四枚。実家で働き、二人の子供と住んでいること。手術後は仕事が疲れるようになったこと、若い男友達のことで街の噂になっていること等が記されている。（『ドキュメント・中城ふみ子』一四五頁）

八月三日、「新墾」帯広支部（こぶし会）・帯広婦人会文化部夏季短歌大会（於帯広神社社務所）に出席。

九月一三日、放送劇「モザイクの箱」がＮＨＫラジオ帯広放送局からながれる。

一〇月五日、「第六回映画鑑賞会」一一号（帯広映画研究会発行）に「冷たい火の精」の映画評が載る。

同月「新墾」十号に歌評「春の慕情」掲載。

一一月九日、野原水嶺歌集『花序』の出版記念会（於帯広労働会館小会議室）に出席。

一二月、「新墾」一二巻一二号に「歌集『歌序』を読む」を執筆。

一九五三（昭和二八）年三〇歳

一月、「新墾」維持社友になる。

三月、右乳房転移の疑いで切除片を北大病院で検査。非癌性と判明。

四月、野原水嶺の推薦で「潮音」同人として入社。

五月、妹敦子が天野寿一と結婚し家業の呉服店を継ぐ。この店舗は平成元年に閉店。

六月、「山脈」がこの年の六、七月号をもって廃刊。ふみ子は「オレンヂの林」十六首を発表、木野村英之介との相聞歌を発表。

九月「女人短歌」（無題）五首。

一一月三日、新津病院で右乳房の転移をした部分の切除。

二一日、退院。

一二月、札幌医大附属病院に癌研究室開設を新聞で知り、受診。入院予約。妹美智子の嫁ぎ先の小樽の義弟（美智子の夫）の畑晴夫（医師）宅から、札幌医大へ入院するまでの間、北海道大学医学部へ通院。（「樹樹」「中城ふみ子逍遥⑨」一七〇頁」）

一八日、北海道大学病院に入院していた舟橋精盛を訪ねる。（『中城ふみ子論』一一六頁）

二四日付宮田益子からふみ子宛手紙。「凍土」（一九五四年三月創刊）の発起人になってほしい旨。宮田は「新墾」の幹部から反逆者といわれることを覚悟している等。（『ドキュメント・中城ふみ子』一三頁）

「新墾」二三巻一二号に歌評「思うがままに」を執筆。

一九五四（昭和二九）年三一歳

一月一日夜、山名康郎が帯広のふみ子宅を訪問。ふみ子が意外と元気なのに驚く。

三日、山名康郎と「辛夷」の新年歌会へ出席。乳癌が再び左胸部皮膚に転移。

七日、畑夫妻に付き添われて、札幌医大附属病院放射線科へ入院。すでに肺へも転移し、進行とともに咳や血痰が出る。

一〇日、「凍土」新年歌会に出席したが、具合が悪くなり「凍土」の歌稿「冬の海」一一首を仲間に託し、途中で帰る。

「短歌研究」の第一回「五十首応募作品」に「冬の花火―ある乳癌患者の歌」を応募。締切りが一五日だったので、ぎりぎりの応募であったと思われる。

一月、池田亀鑑へ歌稿ノート一冊をつけ、歌集の序文を依頼するが、池田が入院中のため返事をもらえなかった。（『中城ふみ子　そのいのちの歌』二八七頁）。その序文の下書きは、「短歌研究」「新発見　池田亀鑑による中城ふみ子歌集への幻の序文」（二〇一五年一一月号）に掲載されている。
二月、ふみ子の義弟で医師の畑晴夫の「中城ふみ子の病歴」によると、「昭和二十九年二月、右肺下野に大豆大三個の転移らしき陰影発見、貧血に対して時々輸血を行う。夜間の咳嗽依然としてあり」等。(『中城ふみ子論』一一六頁)
九日付、父野江豊作宛て手紙。この頃、右肺下野にも転移。歌集発行を決意し、実家へ懇願の手紙を出したと推測される。
一八日付舟橋精盛宛手紙。「帯広の木野村氏も今度土建屋に就職したので忙しいけれど、あの人の誠実には負けました。愛情とあの人は言ふけれど、わたしの方は今はもう感謝のやうなもの」「私は裏切らずにゐなければなりません」等。(『中城ふみ子論』一一九頁)
「二月の月末、短歌研究社の五十首詠入選の電報をうけとる」(『定本中城ふみ子歌集　乳房喪失―附花の原型』)
三月、畑晴夫の「中城ふみ子の病歴」に「昭和二十九年三月、夜間の咳嗽次増加して来る。再び手術前に小豆大の転移癌をみとめる。X線照射を増加」とある。(『中城ふみ子論』一一六頁)
一日、「凍土」の創刊号に「冬の海」一一首を発表。
一一日、川端康成に歌稿「花の原型」を送り序文を乞う。
一九日、ふみ子の病床日記「オルゴールが鳴つてゐる。外はひどい風。春の嵐とも言ふべきでせうか。静かな室です。孝や潔に会へてうれしかつた。孝はほんとに大きくなつたものだこと。」(『中城ふみ子論』一一七頁)
三月二二日、中井英夫から第一回「五十首応募作品」一位を知らせる葉書が自宅へ届く。(二人の往復書簡が始まる)
二五日、川端康成から葉書。

二八日、ふみ子の病床日記「夜、短歌研究應募作品／一位の報あり。やはり嬉しい。凡婦／の常か。その廻送された葉書に／父が「大いに感心す」と附書してあるのを／見てこれも嬉しい。／但し、肝心の歌は特別な題名ゆゑ／宣伝バリューのあるためパスしたのかもしれぬ。／まだまだ自信なし」（『中城ふみ子論』一一四頁）
四月四日、ふみ子の病床日記「木野村さん来てくれる／久しぶりでうれしい。よくなりたい。でも早く死んで上げた方が木野村／さんの幸福かもしれぬ。／ラヂオがついた。音楽がきけると／帯広がなつかしい。」（『中城ふみ子論』一一九〜一二〇頁）
一〇日頃、「短歌研究」四月号に入選作「乳房喪失」が掲載され、発売。（『定本中城ふみ子歌集』年譜）
一一日、ふみ子の病床日記「隣りのベットの奥さん肺癌にて危篤、やせて苦しむ。次は私の番か。」（『中城ふみ子論』一二二頁）
一三日、ふみ子の病床日記「隣りベットの奥さん死亡」（同右一二二頁）
一四日、エックス線照射が再度実施される。
一五日、ふみ子の病床日記「『もし万一のことあつたら知らせてほしい人』の文字と名前が羅列されている。」（『中城ふみ子論』一二二頁）
五月初旬、中井英夫より、歌集発行について印刷・製本を東京で進めたい旨、相談を受ける。そして、札幌でのゲラ刷りを中止し、歌稿ノートを小田観螢の用字添削ののち、中井に送る。
五月二日付中井英夫宛手紙。「題は中々定まりません　短歌的なものより詩の発想にちかい作品ですからいまの処真紅の馬とか赤い幻暈とかそれに花の原型とか」（『中井英夫全集⑽七〇七頁』）
一二日、川端康成からの巻紙一巻が届く。
一三日付中井英夫宛の手紙に体調の悪化等を記す。

一六日付中井英夫宛手紙。「乳房喪失の題名イヤです。（中略）勿論私自身はあなたのおつしやる通りに何でも運びたいのですけれどそれではあんまりです。『中井さんの意地悪』と思はず言つてしまひました位。ほかに何とかつけて下さらないの。ね、おねがひ。ぜひ、ぜひ　皆に笑はれてしまひます」と、強く抗議している。（同右七三〇頁）
二一日付中井英夫宛手紙。「乳房喪失だけはかんにんして下さい／でも何てしたらよろしいのでせうね／あなたがどうしても乳房喪失だとおつしやるならきつと「さうですか」つて私はがまんしてしまふかもしれないけれど」（同右七三四頁）
二三日、悪感を訴え、フェナセチンを投与される。
三〇日付中井英夫宛手紙。「どんな気持でこの手紙書いてゐるかおわかりになるでせうか。あなたに申し訳ないかなしみで一杯です（略）『短歌』から今月二十五日にはじめて簡単な掲載の知らせと共に川端氏の序文みたいな原稿が送られて来て一読したとき全くがつかりしました。もつと早く見ることが出来たなら、知つてゐるなら早速とり消してしまふ様何としてでもケンカしてでも止めて貰つたのでせうが、もう発売も近い二十五日では仕方ありません。」「乳房喪失の題で結構です。もう覚悟いたしました」（同右七三九、七四〇頁）
六月、川端康成の推薦により、「短歌」六月号の巻頭に「花の原型」と題した作品五十一首が掲載。同誌には川端康成の「花の原型に」と宮柊二の「小感」が掲載。
「短歌研究」六月号にも「優しき遺書」三〇首が掲載。
左右全肺野に転移癌撒布、呼吸困難続く。視力の衰えを訴える。
二四日、体温三十九度四分、呼吸困難、視力の低下、危篤に近い状態。母きくゑ病院へ来る。

二七日、『乳房喪失』の出版見本刷りが航空便で届く。意識は比較的明瞭。一、二箇所のミスプリントを指摘。中井英夫に感謝の電報」を打つ。「カシウアリガ　タウホントニアリガ　タウ」。(『中井英夫全集⑽』七五一頁)

同月、「新墾」に「小さな投石」掲載。

七月一日、「作品社」より第一歌集『乳房喪失』が出版。

六日、「時事新報社」の文化部記者、若月彰が札幌へ到着。この日から七月二五日まで滞在。「凍土」の仲間の家や仲間が営んでいた下宿先に宿泊。一日に一回はふみ子を見舞う。一九日まで母がふみ子に付き添い、そのあと若月が看病をひきついだことが、舟橋精盛の日記などにもみられる。若月が池田亀鑑から聞き取り記した、七月三日付の「池田亀鑑より中城ふみ子さんへ」(原稿用紙一枚、帯広市図書館蔵)が届けられた。

七日、北海道新聞の社会面にふみ子に関する記事が大々的に載る。

八日、時事新報の文芸欄に、歌集『乳房喪失』とふみ子の病状等写真入りで現地取材のルポルタージュとして載る。

二〇日付中井英夫宛手紙、便箋二枚。「『乳房喪失』の題名のよさがやうやくわかりました」。これが同氏にあてた最後の手紙となる。

二一日、「主婦と生活」社及び「主婦の友」社の取材を受ける。野原水嶺が見舞う。

二五日、時事新報社から戻って来るようにいわれ、若月彰帰京。病状悪化、時々絶息状態になる。母きくゑが急遽来る。

「凍土」三号に「夜の用意」一〇首を出詠、遺稿となる。

二六日、発作、絶息状態、酸素吸入。

若月彰は中井英夫を呼び出し、至急ふみ子に会いに行くよう伝える。発作の頻度が増す。

一九五五（昭和三〇）年

二七日、「（中井英夫に）ひと言お礼を言ってから死にたい」という。両親と「凍土」の同人が相談し、その旨を打電。

中井英夫から電報。「一九ヒコーキニテタツ」

二八日、医師より危篤の宣言が下る。

「潮音」の葛原妙子から激励の電報が届く。

二九日、午後六時中井英夫が札幌に着く。見舞いのオルゴールと資生堂の香水ヴィーヴル（和名・生きる歓び）を持参し、ふみ子に会う。ふみ子が化粧をする間、中井は病室の外で一五分ほど待つ。

三〇日、熱四〇度六分、呼吸ますます困難。

三一日、中井英夫はこの日帰京の予定だったが、ふみ子を案じ留まる。

八月一日、小田観螢が見舞う。中井英夫が午後五時頃、帰京。

二日、ときどき昏睡状態。強靭な生命力に医師ら驚く。夕方、「凍土」の宮田益子が見舞う。

三日、午前一〇時五〇分、ふみ子は、母一人に見守られ、息を引取る。享年三一。

同夜、札幌医大近くの歌友の家で通夜。

四日、午前一〇時三〇分、雨催いの空の下を仮の野辺送りをする。

七日、帯広の実家で告別式が行われた。

二〇日、『乳房喪失』重版発行。

二二日、北海道新聞帯広版に一首掲載。

九月、「鴉族」（創刊号）に遺稿二五首掲載。

「短歌研究」に遺詠三三首掲載。

四月一五日、第二歌集『花の原型』（作品社）を中井英夫が編集し、出版。

二〇日、若月彰著『乳房よ　永遠なれ』（第二書房）出版。

八月三日、日比谷公園内松本楼にて中井英夫主催の一周忌が執り行われた。

一一月、『乳房よ永遠なれ』が、田中絹代の監督で映画化（日活映画）される。

一九六〇（昭和三五）年

八月三日、ふみ子の七回忌に帯広神社で第一歌碑「冬の皺よせゐる海よ今少し生きて己れの無惨を見むか」の除幕式。歌碑は境内の北西側に建立。一九九五年に十勝護国神社へ新設移転された。

一九六一（昭和三六）年

七月一日、『乳房喪失―附　花の原型―』（角川書店）出版

一九七五（昭和五〇）年

一一月、渡辺淳一著『冬の花火』（角川書店）刊行。これは「短歌」に昭和四七年四月号～四八年一二月号まで連載され、加筆・改稿した伝記的小説。

一九八三（昭和五八）年

八月三日、帯広市緑ヶ丘公園で第二歌碑「母を軸に子の駆けめぐる原の昼木の芽は近き林より匂ふ」の除幕式。

※この年譜は次頁以降の「主要参考文献」を参照に作成した。

中城ふみ子　主要参考文献

帯広市図書館郷土資料ウェブサイト
中城ふみ子「孝の日記」（一九四四年八月頃〜一九四六年一一月、全一七枚、帯広市図書館所蔵）
「雪子の日記」（一九四六年六月頃〜一九五〇年一二月、全一三枚、帯広市図書館所蔵）
「短歌研究」（一九五四年四月、短歌研究社）
中城ふみ子『乳房喪失』（一九五四年七月、作品社）
舟橋精盛「鴉族」（一九五四年九月〜一九九九年、鴉族社）
中城ふみ子『花の原型』（一九五五年四月、作品社）
若月彰『乳房よ　永遠なれ　薄幸の歌人　中城ふみ子』（一九五五年四月、第二書房）
佐竹籌彦『全釈　みだれ髪研究』（一九五七年一〇月、有朋堂）
『定本中城ふみ子歌集　乳房喪失　―附花の原型―』（一九七六年二月、角川書店）
菱川善夫『鑑賞中城ふみ子の秀歌』（一九七七年五月、短歌新聞社）
渡辺淳一『冬の花火』（一九七九年五月、角川文庫）
「短歌」（一九八四年一〇月、角川書店）
高野公彦『現代の短歌』（一九九一年六月、講談社学術文庫）
A・ブルトン著、巖谷国士訳『シュルレアリスム宣言・溶ける魚』（一九九二年六月、岩波文庫）
加藤克巳『現代短歌史』（一九九三年八月）
小川太郎『ドキュメント・中城ふみ子　聞かせてよ愛の言葉を』（一九九五年八月、本阿弥書店）
『折口信夫全集29』（一九九七年七月、中央公論社）
『塚本邦雄全集1』（一九九八年一一月、ゆまに書房）

『和歌文学大系26　東西南北・みだれ髪』（二〇〇〇年六月、明治書院）
山名康郎『中城ふみ子の歌　―華麗なるエゴイズムの花』（二〇〇〇年八月、短歌新聞社）
『中井英夫全集⑩　黒衣の短歌史』（二〇〇二年二月、東京創元社）
道浦母都子『女歌の百年』（二〇〇二年一一月）
亜麻の会「亜麻」創刊号（二〇〇二年一一月）
『美しき独断　中城ふみ子全歌集』（二〇〇四年八月、北海道新聞社）
中島美千代『夭折の歌人　中城ふみ子』（二〇〇四年一一月、勉誠社）
吉原文音『中城ふみ子　―凍土に咲いた薔薇』（二〇〇四年一一月、ほくめい出版）
佐々木啓子『中城ふみ子　研究基礎資料集』（二〇〇六年八月、旭図書刊行センター）
佐々木啓子『別冊中城ふみ子　研究基礎資料集短歌編』（二〇〇六年八月、旭図書刊行センター）
山川純子『海よ聞かせて　中城ふみ子の母性愛』（二〇〇八年八月、本阿弥書店）
佐々木啓子『中城ふみ子　研究基礎資料集　改訂版』（二〇一〇年一月、旭図書刊行センター）
佐方三千枝『中城ふみ子　そのいのちの歌』（二〇一〇年四月、短歌研究社）
佐々木啓子『中城ふみ子　総集編』（二〇一〇年八月、旭図書刊行センター）
柳原晶『中城ふみ子論　受難の美と相克』（二〇一一年三月、ながらみ書房）
「樹樹」（中城ふみ子逍遥①～㉛、樹樹社）
「短歌研究」（二〇一五年一一月、短歌研究社）
東京家政学院同窓会機関誌「光塩」六五号（二〇一六年三月）
加藤孝男『与謝野晶子をつくった男　―明治和歌革新運動史』（二〇二〇年三月、本阿弥書店）

加藤孝男（かとう　たかお）

1960年生まれ。東海学園大学人文学部教授。1988年「言葉の権力への挑戦」で、現代短歌評論賞受賞。著書に『美意識の変容』（1993）、『現代歌人の世界8　篠弘の歌』（1996）、『近代短歌史の研究』（2008）、『詩人西脇順三郎　その生涯と作品』（共著、2017）、『与謝野晶子をつくった男　—明治和歌革新運動史』（2020）など。歌集に『セレクション歌人13　加藤孝男集』（2005）、『曼荼羅華の雨』（2017）などがある。

田村ふみ乃（たむら　ふみの）

1976年生まれ。武庫川女子大学文学部国文学科卒業。民族学関連の学術誌の編集など手掛けてきた。2011年秋、短歌結社「まひる野」入会。2012年「京都歌人協会短歌大会」優秀作品賞、2013年「日本歌人クラブ全日本短歌大会」優良賞、2014年「与謝野晶子短歌文学賞」関西テレビ放送賞、2016年「中城ふみ子賞」、同年「まひる野賞」受賞。第1歌集『ティーバッグの雨』（2018）出版。

歌人 中城ふみ子　その生涯と作品　　CPC リブレNo.15

2020年10月31日　第1刷発行

著　者　加藤孝男・田村ふみ乃
発行者　川角功成
発行所　有限会社　クロスカルチャー出版
〒101-0064　東京都千代田区神田猿楽町2-7-6
電話03-5577-6707　FAX03-5577-6708
http://crosscul.com
印刷・製本　シナノパブリッシングプレス

ISBN978-4-908823-72-5　C0095 Printed in Japan